おだじろう詩集

Oda Jiro

JN212115

新・日本現代詩文庫
171

土曜美術社出版販売

新・日本現代詩文庫　171　おだ　じろう詩集　目次

詩篇

詩集『落日の思念』（二〇一七年）抄

1章　情景

2章　懊悩と呟き

3章　時の相貌

後編

詩集『八十路《やそじ》をうたう』（二〇二三年）全篇

エッセイ

解説

詩篇

詩集『落日の思念』（二〇一七年）抄

1章　情景

見えるものはない

灰色の雲が
無風の山郷《やまざと》を硬直させ
暗い透明な空間に浮かぶ樹々の濃緑
そよ　ともしない枝葉は
無音の冬空に凍りつき呟くことがない

ふいに後ろから走り抜ける軽自動車が
罪を犯したもののように
消え去る音もない

細い杖がこつこつ
一足ごとに舗装道路を突っつく
八十路《やそじ》の男の姿は　もう
誰の目にも映ることはない

老犬のリードを曳いて行く
顔のない老女の影も
ふと　振り返れば　もう　ない

「新年・おめでとう」
などという科白《せりふ》を口にすることもなく
時代の壁を貫いて過ぎ去ったその行く手に

見えるものはない

帰省

「ごめんください」

インタホーン越しの声は
まるで他人の挨拶みたいだが
まぎれもなく当年四十六歳の息子
遠く関東の地で結ばれた嫁連れて
二年越しの「帰省《さとがえり》」

ドアを開けて迎え入れ
「『ごめんください』とは　なんだ……」
と　苦笑しながら彼の肩を叩き
「痩せたな……」とオレは呟く
母親は「おふくろの味」を
と　昼食の用意をしていたが
「空港近くの食堂で食ったので」と素っ気ない

一夜の晩餐は予約の国民宿舎
オーシャン・ビューと活魚が自慢
小型のマイカーに乗り四人で駆けつける
窓越しに広がる玄界灘の水平線は遥かに青く
小島のような貨物船が
霞のなかでぼんやり動く

帰省姿は綿パンに柄物シャツ
入社後の彼のスーツ姿を見たことがない
企業はデカイが相変わらずの「ヒラ」らしい
「忙しいのか」
「ウン　来月転勤だ」
それを望んでいたような気配

霜が降り始めた頭髪と痩せた意味を

《見た》
気がする

「ウソのような」（ショート・ショート）

ルルルル
寝る前にＰＣ画面を文字で埋めていると
電話の子機が鳴る

…アア、オレ……

その声はかすれ気味で少しくぐもる

《正月には帰れよ》と　暮に電話で催促したけ
ど
《今年は帰れない》と　言ったあの時の声
四十を超えた息子でもオヤバカは気がかり

「声が可笑しいぞ　どうした」

…風邪だ、インフルエンザらしい、三十八度を
超えた
それより、今日昼間に会社から電話がなかっ
た？……

「ないよ、それより早く風邪を治せ、嫁はどうし
た」

…感染《うつ》らんように別の部屋に寝かせているよ…

…

「肺炎になる前に救急車を呼べ！　今すぐに！」

オッチョコチョイ　のオヤジは
回線を階下に居る居間の母親に切り替え
二階から駆け降りる

母親は受話器に向けて
「あんたの会社から？　電話？　それはないよ
なに？　会社の金を遣い込んだ？　同僚と？」

…明日、部長からその件で電話があるかも……

母親は息子の言うことをオヤジへ告げ
電話の息子へ
「金が要るのなら送るよ　少しなら」
オヤジは
「バカ！　金なんかじゃない
今すぐ医者に診せるように言いなさいよ」と
怒鳴りつける。電話は切れた

「可笑しい」
息子本人へ慌ててこちらから電話する

「ボケたか？　オトウサン……
オレは電話なんかしてないよ
それ　詐欺だよ　オレオレ詐欺……」

念のため一一〇番にこの件を告げると
午前〇時過ぎに厳《いか》めしい制服姿の警官二人が現れる
先刻の状況を告げると
翌朝早く　知能犯担当の若い刑事が来宅
名刺も出して

間もなく電話が鳴る
母親が出る　いやに落ち着いた声で
「お父さんと相談するから」などと言いながら
「遣い込み」の事情を聴いている

私服の刑事は
母親の耳元に細い録音マイクを押し付け

両手を拡げて
《会話を引き延ばして》と合図する
騙しあいの会話は五～六分間も続いたか

　…そばに誰かいる?……

相手が尋ねたのだろう
「いいや、誰もいないよ」
母親はこちらを向いて　ニヤリ

数日後　この町内にも似たような電話が
数件あったとの噂

「ふれあいバス」考（エッセイ風に）

「自賠責」「任意」などの自動車保険
「車検」の期限切れが間もなく　だ
燃料代は少なくとも月一万円
修理工場に払った金額もバカにならない
「駐車」「スピード」「一時停止」などの違反金は
年金生活者の懐を苛める
人身事故でも起こせば浮かぶ瀬はない
瞬時に命を奪われた被害者とその近親者の無惨
《一昨年の暮れ　姉が自動車に轢かれて事故死》
加害者が真っ赤な涙目で斎場の床に額を擦り付け
　陳謝した
「通夜」「葬儀」での悲痛な姿

運転歴五十年の免許証を八十歳で手放した
【九条を守ろう】のステッカーも貼ったまま
走行十万キロ未満のクルマを五万円で
ツレは言った

「もういいよ、用事があればタクシーに乗ろうよ」
ガレージには簡易物置が収まっている

とはいえ　人口十万の地方住宅都市の
「コミセン」*「運動公園やプール」「文化ホールや
　図書館」
「市役所」「郵便局」「銀行」「大型スーパー」
月一～二度は通うクリニックなど
主な施設が集中する旧国道筋は五～六キロの彼方
自宅とそれらを直結するバス路線はなく
転がる脚をなくした今はタクシー会社の上得意
一度往復すれば二～三千円以上
「ああ　捨てるには早すぎたか……」とぼやく

「『ふれあいバス』はどう?」とツレが言う

そう言えば時々見かける小型バス
市が　私鉄やタクシー会社に委託して運行する
「ふれあいバス」や「コミュニティーバス」
免許証返上の際　市役所がくれた
後期高齢者向けの「ふれあいバス」カード
一回百円均一の乗車券十一枚綴りを三冊と路線図
　に時刻表
道路脇の小さなバス停に一日五～六便
二～三時間置きの停車を待つ高齢者がひっそりと
　立つ

仕方ない　乗ってみるかタダでもらった乗車券
行く先路線の時刻を見計らい団地入り口のバス停
　に佇む
二十年も住んだ町内でも見知らぬ高齢者が
よたよた歩いてきて私の隣に
…オレダッテ　ヨタヨタ　ダ……

十席余りの車内には高齢者が数人　女性が多い
千戸以上を擁する団地内を周回すれば満席になり
狭い路地をぐるぐる回り　小さな車体は
硬く小刻みに揺れるので腰が痛む
「席の移動は停車中に……」と運転士は気がもめる

最初に乗った日　バッグから取り出した贈呈本
読み始めると頭がクラクラ　吐き気を催し
口中に唾液が溜まるのを必死に耐える
「ふれあいバス」での活字は厳禁だ
マイカーなら十分で行ける距離が一時間以上
外出目的一件でも　往復すれば半日は潰れる

けれどマイカー運転中は　張り詰めているが
「ふれあいバス」なら瞑目していれば無事
半年も経つと慣れてくる

私鉄の既存路線バス時刻表と綿密に組み合わせれば
意外な連絡のよさもあり
薄っぺらの時刻表は手放せない

それまで便利なマイカーを乗り回していたのは
果たしていいことだったのか
事故の危険性　大気汚染　エネルギーの無駄遣い
お陰で歩数計の数値が増え　健康にはプラスか
そう　思えば　負け惜しみかもしれないが

「ふれあい」も悪くないか……
それとも　諦め？

＊　コミュニティーセンター。

「手すり」に「杖」だ

「書斎」なんてかっこいいもんじゃない
どこまで読み込んだか信用できない
贈呈本や古手の全集に
やたら買い込んだ書籍や文庫本
書き散らした気まぐれ日記なんかを
押し込んだ書架や机や椅子が雑居する
中古住宅の二階への階段脇の壁に
「手すり」を付けた

頻尿症のオレは日に十回前後は
登ったり降りたりする
ひと月の入院で一気に脚力が衰え
膝がガクガクし下手すると転げ落ちそう
内装業者に頼んで脇の板壁に手すりを付けた

七万五千円也とは予想の二倍
それに加えて門扉から五段の階段や
玄関土間と沓脱ぎにも　だ
こんなところに十万以上も掛かるなんて
考えてもみなかったので市役所に
「後期高齢だから援助を」と頼むと
「介護度は何度?」と撥ねられた

それだけでは済まぬ　今度は「杖」だ
イボを押して伸び縮みする軽金属製のアレ
日に四、五千歩の歩行だが
コンクリート道路でも躓いて転びそう
情けなく恰好悪いが仕方がない
近所の顔見知りは
「あいつ弱ったな」と
冷笑しているかも

そう勘ぐる

このところ
オレは頓《とみ》にイライラする

「ゆめ」に続く「情景」について

うとうとする
ゆらめく体温と肉圧が覆いかぶさる
嗚呼　まさかそんなことが　おれは八十路《やそじ》
「ゆめ」は　哀しい

触感は薄れて目を開ける　膀胱が泣いている
枕灯《ちんとう》を点けて起きあがり　少し歩いて
便器に向かいちょろちょろ垂れるが　すぐ終わる
ティッシュで拭い　しろい陶器の縁も

再び仰向けに横たわり眼鏡をかけ
ベッドに括り付けた書見器の詩集に目を移す
見知らぬ女性《にょしょう》からの贈呈本
最初の詩篇からは無機質な語彙に脳味噌がチカチ
　カする

《あとがき》をと捲ったが　ない
最後の詩から読むうちに　それはどうやら
おとこの腕の中で歓喜《よろこ》んでいるのか
それとも　出来た胎《おなか》の生き物が動くので
困惑の風情……とも

そんな雰囲気に「ああ　若いんだな」
と　思って　ふと　略歴をみるとまたもや
ああ　その詩人は還暦過ぎのよう
「情景」は　昔のことか?

忘れる

背骨の芯が共振しない情報はすぐ忘れる
記憶力は生まれつき弱い
その人が真剣な口ぶりで語りかけても
五分後の脳味噌はしろい煙の中

往時の名優やかつての人気タレント
いまも流行っているらしい
歌詞やメロディーはぼんやりとして
歴史上の英雄や哲学者　文学者
…ああ　ホラホラ　あの有名な……
なんてイライラさせながら思い出せない
相手は「ああ、こいつも……だな」と
こころで冷笑しているのはよくわかる

《おお！　オレもついに……》

腕時計やボールペンや小銭入れやキイなんか
テーブルに五～六個並べて見せパッと隠し
何気ない会話の五～六分後に
「さっき見たものを言って……」
一から二十五までの数字をゴチャ混ぜに配置した
A四用紙
「多い数から少ない数へ順に矢印で結んで……」
ひらがな文字だけの童話（らしい）の長い文面か
ら
「母音だけチェックして……」
十メートルの白線上を
　「歩いて見せて……」
MRI＊の洞《ほら》の中にドコドコ・ヅヅヅ……
背骨と頭蓋が擦れあう
撮影した三～四コマの透視像を見ながら

《物忘れ外来》の専門医
「お年齢《とし》（八十）相応ですね、処方薬はなし」
惚けにつける薬はないってこと……か

＊　磁気共鳴映像法。

田植え機

冷えびえとした梅雨空の下
交換分合で一枚三～四反[*1]ものだだっぴろい水田を
孤独な田植え機が端から端へ黙々と転がる
その後ろには一株二～三本のか細い稲苗が五列
縦・横の幅や並びには　ほぼ狂いがない
この作業は　二時間もすれば終わりそう

六～七十年前の学童期に参加した田植えは
男・女　大人　子どもら
村中総出で約十日間の大仕事
「苗投げ[*2]」「親植え[*3]」「子植え[*4]」の手練の技
腰折り曲げて代掻き後の泥田に
「親」「人差し」「中」
三本の指先で素早く差し込んでいたのだ

トラクター、コンバイン　草刈機など
現代の一連の農機具の理屈はわかるが
田植えだけは
「人の手の指でなけりゃ」と思い込み
その構造《つくり》をいつかこの目で観察《み》てみたい
あの「田植え機」のメカニズム

道端に憩う顔見知りの男に問えば
微妙な手振りで鉄の爪の動きを説明するが

「分からんだろうな、素人にゃ」という顔で
彼は　ただ「にやり」

＊1　一反＝約九九二平方メートル。
＊2　代掻きした水田に早苗の束を、適度な位置に放り投げる。
＊3　長い紐の紅印の位置に、苗を植えつける。初心者や子どもの役割。
＊4　親植えの苗の間に目測で四～五株ずつ等間隔に植える。熟達者の仕事。

喉が渇いて

ここ数日続いた秋晴れの午後
残暑にしては温もりすぎた部屋に怠惰し
ふと　蘇る
《僕の青春は、悲惨な嵐に終始した、
　時たま明るい日ざしも見たが、
雷雨にひどく荒らされて
紅い木の実は僅かしか僕の庭には残っていない。

早くも思索の秋が来た、
墓ほど大きい穴ぼこを
洪水《でみず》が残したこの土地に
鋤鍬把って掘りかえし耕しなおす時だ今。*》

わたしは苛立つ脳みそを解きほぐそうと
ガラス戸を少し開けると隙間から
乾いた冷たい風がわずかな体温を持ち去る

薄笑いのジンムが
ニッポン会議の衣を纏って背後をよぎる

急に喉が渇き台所の紙パック入りの国産ジュース

「ミックスキャロット」《果汁五十パーセント　百
　二十五ミリリットル》
を一気に飲み下し
それから　田圃の中の狭い道を歩こう
抜け毛が目立つ老犬をなだめながら
ヨチヨチ歩くあの媼に出逢ったら軽く目礼して
「涼しくなりました」と　言おう

＊『悪の華』「敵」（ボードレール作・堀口大學訳）から。

旅立ち

ベッドにすり寄って
「《詩の合評会》の帰りに寄ってみた」
と　告げると　肺をがんに喰い荒らされた兄は
「そりゃ　いいことだ」
閉じていた瞼を少しだけ開いて
あえぐ息の下から掠れ声で呟いた

優しくも骨太だった兄
係累の網の目にからめ取られ
本家を継いで音楽とともに八十五歳の旅立ち
満開の桜に見送られた通夜明けの朝
棺の窓から差し入れた弟＝私の掌に
「生きよ！」とのメッセージ

市営の火葬場は流れ作業
ずらりと並ぶ電熱竈十数基
スイッチ一押しで二時間足らず
六百余度の熱で焼き上げたしろじろの骨を
箸から箸へ

四十路の息子が抱く遺骨箱

送迎バスの窓越しの景色はふるさとの耳納山脈
六十余年前　骨箱の兄と二人で登った峠
「鷹取」*は　うす雲に覆われて……

＊　筑後平野の南部連山・標高八〇二メートル。

弟が　俺より先に死んだ翌日の夜

通夜の後
祭壇の棺《ひつぎ》に横たわる彼の
しろじろとした額に
掌《てのひら》を当てる

寒天の満月の一夜を荒野に曝し
凍《こご》えた陶器のような
頭骨を覆う蠟色《ろういろ》の薄皮を透して

俺の体温と生気を吸い取って行く

ああ
これはにんげんの弟ではなく
そう
冥界からの隠喩

柔道五段・剛毅朴訥
去年　喜寿を超えた弟の
「死」の底冷えする感触を
八十路《やそじ》を歩む俺は

受容し兼ねている

たつごろう＊　よ

今日も
このおいぼれの私を曳きずって
段々畑のぶどう園の狭間や
雑草が生えた田圃のなかの
草道

自動車が押しくらまんじゅうをする
バイパスの脇道
山の杉や檜や雑木の茂みの細道を
一緒に歩いてくれないか

ささくれた心をしか持ち合わせぬ
飼い主の
今の私をひっ張って
歩いてくれないか

悲しいほどに素朴だった
犬よ
たつごろう　よ

＊　四十年前の飼い犬の愛称。

焼き場の咄《はなし》《筑後《ちっご》弁で》

子どもん頃ん咄したい

俺家《おりげ》ん裏ん空《あ》き地にゃ
大《おお》っか椋《むく》の木があってっさい
秋んなりゃ子どもどんがよじ登って
黒う熟れた椋の実をちぎって食うちょった

そん椋の木の下の薄暗《うすぐら》ーか空き地に
厩《うまや》んごたる「お棺小屋《かんごや》」があったとたい
開き戸にゃ丸太の閂《かんぬき》がかかっちょって
中にゃ鉄の輪《わ》っかで締めた
木造りの四輪の車力がおいてあっての
そん荷台に乗った真っ赤なお棺に
反り返った屋根は真っ黒の漆塗りじゃったが
子どもどんな　ちょっと怖《えず》がっちょったばい

村内《むらうち》ん死人を座《すわ》り棺に納《おさ》めち
身内《みうち》ん男どんが曳き手を握り
後ろからは死んだもんの孫やら甥たちが
後押しし　そん後から
親戚やら門内《かどうち》んもんが列んなって従《つ》いて行く
昔ゃードライアイスちゅうもんは
なかったたっじゃろの
お棺から死んだもんの臭《にお》いが
鼻にぷんぷん来よったばってん
あんまり気にしよらんごたったのー

人里から離《はな》れた広《ひろ》ーか田んぼ中に
四角い赤煉瓦《あかれんが》造《づく》りで上んほうがちっと細うなった
「焼き場」ん煙突はどこん村にもあったもんの
ふだんはあんまり近寄《ちかよ》らんごつしちょった

焼き場に着いて
田植えん後《あと》ん蒸し暑か太陽《おてんと》さんの下で
両掌を合わせる門内《かどうち》もんに囲まれち
送り坊主はちょっとばかりお経を唱えち
チーンチーン　ち　鉦《かね》ば叩いて終わると
みんなはもういっぺん数珠の掌をあわせち
空《から》のお棺車を囲んでぞろぞろ帰る
日は暮れち　煙突から煙が出始めるころにゃ
もう　みんな振り返りもせんで歩く

ひとがやける
ひとがやける

焼き場にゃ隠亡《おんぼう》がたったひとり
顔ばてらて火照《ほて》らせち
薪《たきもん》を　継《つ》ぎ足し継《つ》ぎ足し
一晩じゅうかけて骨にする
明日《あした》ん昼頃から親族どもが骨拾いに来る
それまでにゃ焼いてしまわにゃならん

外は真っ暗　くら　で
生ぬるーか風ばかりたい

2章　懊悩と呟き

ふと　おもう

ふと　おもう

生を得てこのかた
それらの時々の
ひとこま　ひとこまの思いを
蚕が吐き出す糸の連なりに似た
銀色の詩篇に
紡ぎあげることができないか

混濁の視界を惑《まど》い続け
投げ捨ててきた幾十年のあゆみを

青空のもと開陳し
歓喜の歌で蘇らせる
ただ　ひとつのまぼろし
高貴なミューズは
いないか

壊れかかった床板の上に
寝転がっている足萎えが
すすり泣いている

首を曲げて下を覗き込む
六月の雲の切れ目から

晴れ、魂は飢え

腹は空き加減でいるほうが
賢そうに頭が働くという
ところが　今は
その怜悧がなんとなく
バカらしく　嘘っぽく
空は晴れていても

あのころ
空き腹抱え町の製パン工場の
窓ガラス越しにみつめた
コッペパンのこげ具合と香ばしい匂い
口の中に唾をいっぱいためながら
通りすぎた

満たされなかった日の思いは
今も
いささかの空腹《すきばら》を許すことがない
生き残りの遺伝子は

いつも腹を空かし
魂はもっと飢え
物欲しげなピエロを仕立てている
段ボールや
青色シートの住人の頭上も
今　やはり
晴れているだろうか

悲しみと不信の湖から

行き着くところが見えない
胸の洞《ほこら》にはびこる冷たい生臭い不透明な
気体か　水蒸気か　真空地帯か

そこに呼吸する隙間を見つけようなどということ
は
なんと思い上がった愚かな弱虫であることか
一日の終わりの床に座り込んで
涙も流さずに泣いているのです
豪《つよ》がって　不貞腐れて　喚いて　利巧ぶって
虚しさに耐え切れず　いのちを断つこともできな
い
惨めな虫けらになり

泥水に攫われ　真夏の熱風に焼き上げられ
見知らぬ所へ　ふいっと　吹き飛ばされて
もう「さよなら」と　挨拶する相手はいないの
です
魂のうつろいを伝えたい人など
どこにも見えず

口臭に充ちたなまぬるい風とともに
安らぎの塒《ねぐら》は消え失せてしまうのが
当然の結末であることをもっと早くに
わたしは悟るべきだったのです

もう　遅すぎです

納得

道筋《みちすじ》を披瀝することもなしに
「逝った」　と
いわれても　それだけでは納得できまいて

納得できない人物とは気味悪くて
本音で話しもできまいて

人間　伊達や酔狂でお悔やみの科白《せりふ》を
言えるものではあるまいて

命を自ら断った人の思いを語らずして
どこまでも　シラを切り通すつもりだろうが

底のほうから腐食が始まる臭気を
覆い隠すことは出来まいて

だけどその胸の奥に澱んでいる
鬼の目の赤黒い涙を啜り
爛れた舌から喉へと嚥下する焼け汁の味を

その人物は
自らの言葉に換えることは
とても出来まいだろうて

無論　わたしだって

脱出後の道程《みちすじ》

吹き荒《すさ》ぶ寒冷の嵐が
剝ぎとっていく衣
戦いは始まり　肛門から泥水を吐く

這い蹲《つくば》う膝のしろい骨は
ごくごくとはみだし
視界は焼ける土塊《つちくれ》の燻《くすぶ》り
生存の狭間が見つからず

わが身の冷たい肉に喰らいつき
消滅する生きものが無機物へ

遁走する幻夢は虚空へ旅立つ
愛を捜して叫《おら》ぶ声は
満天に輝く星に届くことはなく
流す涙にその影を残す

うまれ　死に

放置された喉仏は儚くも
脈打つ思念を
永劫の時空に託する

濁してはいけない

顔も心も締め上げて
《わたしの存在理由は》といえば

数を増やして
門戸が開いている限り粘って……

彼が言ったその言葉を旨として
誰がなんと言おうと
どう見ようと知ったことか!
代金を回収しなければ
食えない　養えない　今は
嗚呼　腰骨がへたばるまで
その精神を新たにして　まだ生きている
あと数年はもつだろう

A氏とも　B氏とも　C氏　D氏とも
身分や格が違うのだ　お前はただの贋だ
その「贋」という文字さえも
辞書を引かなければ書けないのだ
贋者はそれなりの身の振り方をしなけりゃ

弾きだされるのが現実だ
甘い言葉に寄りかかってはならない

透明で沈潜した贋の
精緻な湖底の情景を
濁してはいけない

「後続」ということ

後続ということ
一気に細くなった血脈ということ
人間の情念ということ
愛憎や損得ということ
人間関係ということ

変わる関係の中で生きるということ

そんなことで悩むこと
悩まずに冷静にことを運ぶということ
どうでもいいと思い込もうとすること
声が遠くなって仕方がないということ
死んだものには責任がないということ

そんな中で
「本音で生きる」ということは
なかなか難しいけれど
どっちにしても
自分が死ぬまではこのことについて
無関係ではいられないだろうということ

それは当たり前のことだが
はてはて　それらについてどう考えるのが
最も自分らしいのだろう
この　私は？

子よ

胸板に張り付いている悲しみ
その目を遮っている
カーテンの向こうで流れ出る涙が
光る

何ゆえにそれほどの悲しみを宿して
この世に顕われてしまったか
生まれる前に受けた心の瑕は
二十歳の今にしても癒えることなく
青葉の陰で疼いているのか

遠い母胎の面影を思い浮かべる
その　まなざしの中で

誰の手によっても
縫合されることのない痛みを抱いて
生きていくか

子よ

残すものは

何も
狂った振りをしているわけではない

尿意を我慢ならず
漏らしたに過ぎず
股座《またぐら》はじめじめ
気分優れず下着脱ぎ捨て
ＰＣ画面に対峙しているだけのこと

この不快な自画像が
夜の寒空であざ笑う

おれは死ぬのが恐ろしいのだが
おれは死にたいのだ

ただ　死にたいのだ
遺すものは何もない

想いは
それだけだ

愚直に

気が利いた物言いをしようと思うな

意味を飲み込めない言葉を吐くな
かっこよいことをしようとするな

決めた方針と計画を
具現することを考える

思惑に捉われるな
感情を持つ人の集まりであること
を　忘れるな

生きていくには
これまでに味わったことを
さらに上回る難しさを
覚悟して歩いていけ
愚直に

こんな自戒を守れたら……

蛾

＝遊びをせんとや生まれけむ
戯れせんとや生まれけん＝
どこかで聞いたような古《いにしえ》のざれ歌[*1]

「声」「色」ある虫らはそれぞれに
黄　茶　青　黒　白に化粧して
じいじい　ちろちろ　りんりんと
鳴き音をあげて戯れる晴れ姿
それぞれのうたや踊りを披露して
死に絶える

されど生を受けて幾星霜
ただ　幼き早苗にたかり
初夏の暗夜　生き汁吸いながら

ぬるい水面に鱗粉を撒き散らし
青白い誘蛾灯*2に誘われて
油の池に亡骸を晒すばかり

あそびもせず
たわぶれもせず
むしむしする夏の闇の中

＊1　『梁塵秘抄』（平安末期の歌謡集）から。
＊2　記憶では半世紀以上も前の苗代田に設置してあった。

ハッポウスチロールの城壁

――構築されている――

と　思っていた城壁は
その実
発泡スチロールの目隠しだった

生き続ける　とは
――滅び――
を　背負った賭博の連続という掟
破られ　溶け落ちるという事実を
どこに置き忘れたか

夏の終わりの風が吹き込む独り部屋
叢で　もうすぐ滅ぶと
知ろうが知るまいが

虫たち
今を盛りと啼きすだく

だれのめ？

ねーこのめ
猫《ねーこ》の目

ぐるっと回って　ねーこのめ
もひとつ回って　お化けのめ
お化けのめ　お化けのめ

ぐるっと回って　ボークのめ
ボークのめ　ボークのめ
ああ
ボークのめ

こうして
水気ひとつない赤茶けた砂漠を
空を仰ぎながら
ゆらゆら歩いていった

いつものように

一瞬　狂おしいにおいが立ち込める海面に
霧しぶきが舞い上がり
垂れ下がる乱気流と水滴が絡まる寒風の中
いつものように顔のないおんなの白髪が逆巻き

〝ほら　その「一言《ひとこと》」があたしの胸に
　グサグサ突き刺さるその度に
　あんたにはわかるまいがあたしは身震いし
　毛穴から血がにじみ出るのさ〟

時間はゆっくりと動くが

いつのまにか記憶は半世紀以上も遡り
ザラザラした風景が俺の胸郭を掻き混ぜ
頭蓋内の虚血症を誘い嚔《くしゃみ》を頻発し鼻水が滴る
嗚呼　またもやあの恥部が蘇る
逃げ出せ　ところかまわず身を隠せ
だが　逃れるところなどありはしない

けれど　怖くない
あの風景―形状―は瞬時に剝落し
風も波もしぶきも見えない

不用意な「一言」はブーメラン
俺の胸に突き刺さったまま奥歯を嚙み締め
いつもの顔で揺れる椅子に横たわる

アカマンマの花*を

可憐なアカマンマの花を
うたいたいよ

泥水と
自分の垂れ流した糞尿にまみれて
いつまで衆人の中を
歩いていくつもり？

この悲しみと寂しさを
ともにかみ締めてくれるものはない

ああ　アカマンマの花の詩をつくりたいよ
人を信じ　豊かな抱擁の
涙が滴る詩《うた》を

うたいたいよ
ミューズをののしり
悪魔に魂をさらけ出し
売り渡すようなうすぎたない言葉は
この胸から
吹き払いたい

＊　中野重治作「歌」から流用。

3章　時の相貌

新年

明けまして……ございます

少年のころから学んできた
《基本的人権　民主主義　平和
　法のもとでの平等　個人の尊厳》
人間としてのボクらの胸に刻印された
「究極の掟」をひっくり返し
ボクらは「人間」[*1]と思っていたら
いつしか人材[*2]、つまりは「材料─素材」
学校も　教科書も見張り付き

「お国のために」
沢山産んで
…ミクスで一億総活躍だ
男も女も子どもも老人も
死ぬまで働け　戦え
お金儲けのシステムだけは

シッカリと守り
　理系でなけりゃ
　文系なんかやくざ

何に使うか「マイナンバー」
「目隠し」
「口ふさぎ」「耳に栓をする」
あの法律（案[*3]）

紐つき人形《マリオネット》は使い捨て

かつてのNHKラジオ番組でわさびを利かせた
三木鶏郎[*4]さんだったら言うだろうか
「シンネン？……ナンニモイウコトナイネ」

＊1　人間＝a human being a man（人間としての人間）。
＊2　人材＝a man of parts-material（部品・素材としての人間）。
＊3　共謀罪法案。
＊4　NHKラジオ番組「日曜娯楽版」（一九四七〜一九五二）で活躍。

若者よ

若者よ

大学へ行くために借りた奨学金を返すのは
至極当たり前の常識だ
将来のための自己投資だ　わかるだろうが

世の中　すべて金で動く
君の将来の豊かな暮らし
身分やきれいな嫁さんや子ども
立派な住宅も　そのための借金だ
返済は当たり前さ　利息を付けてだ

もし　君がそれをムリだというのなら
《ドーシヨウ？》　そうだ
いい方法がある　その金「国」で持とう
生活費や学費にお小遣いも

それは君だけでなく日本国家にとっても
この上なく役に立つ唯一の方法
どうだ　ここは考えどころだ
「条件？」

卒業後何年かは自衛隊に入隊し「幹部候補生」に
退職後は再就職の世話も
次世代の子供を育てる教師、部活指導者にも
心配ないね　どうだね　みんな仲間だ
一緒にこの船に乗って目的を達成しようよ
……………………

あ　ああ！　その船の行く先は
火の海だ‼

厳寒の狭間

冬の嵐はふいと止み
陽光が降りてきて
そこはかとなく緩《ゆる》んだ感触
澄んだ外気が鼻腔をスンと刺し
身震いしながら部屋に逃げ込む
ガラス戸越しに差し込む光線は
暖房器の温度よりもおおらかな抱擁を与える
厳寒の狭間

突拍子もなく飛び出した金髪の新大統領
ラジオがしゃべる有識者や政治家の

いくつもの緻密な論旨
…ファースト・アミエーリカー
…アミエーリカー・ファースト
何が一番？
わかってるだろう
儲けることさ
ゾクッとする

明日から再び
＝氷点下二十五度の低気圧が接近
＝日本海側では風速三十メートルの吹雪が
＝外出には厚手の服を！
＝タイヤには滑り止めを！
＝たった一人の雪下ろしは止めましょう

「悲しい……」と言う

一緒に外を歩いていると
「田んぼに稲がない」と言う。

「ついこの間まで買い物したお店がなくなった」

　と言う。

「散歩の犬のウンチが置き去り」と言う。

「自転車が何日も道端に放置されている」と言う。

こんな風景に女は「悲しい」と言う。

新聞やラジオが
「生活保護の申請を断られた人が餓死した」

「子どもが襲われて暴行された」

「男子中学生が金属バットで父親を殴り殺した」

「生徒が首を吊った小学校の校長が
『いじめはなかった』と言った」

こんなニュースに女は「悲しい……」と言う。

少女時代の親友が葉書で「『一日おきに透析をしている』
と伝えるので、彼女はもう死ぬのだろうか」と言う。
「八十歳を超えたあたしの兄が歩けなくなった」と言う。
真っ白になった自分の頭をなでながら
「こんなに抜けるのよ」と
細い白い頭髪を五、六本も差し出して言う。
そんなことがある度に七十路を超えた女は童女のような声で
「悲しい……」と言う。
受け答えに困ってしまう禿頭《はげあたま》の男は
「人間、誰でも死ぬものだ」と
とぼけている。

虚無主義者の信条

剛毅すぎるエネルギーはオレを殺す
《オレだけじゃない　世界を　だ》
速や過ぎる乗り物は剣呑だ
手でさわれない風物なんて無いも同然

当てにならないのは肩書きがしゃべる滑らかな答弁
ハウスで育てられた高級官僚など化け物だ
どこかで聴いたようなカタカナ詞《ことば》なんか
信じちゃいけない　絶対に
コンピュータよりもかんぴゅーた　だ
株や先物で儲けた金は狸に摑まされた枯れ葉
世界中にばら撒いた証券饅頭には
金融工学で捏ね上げた猛毒あんこ

死んでるじゃねーか　世界のあちこちで

当てに出来るのは
足腰が痛くなるまで働いて摑み取った糧
地べたから直接刈り取った穀物
野山や川や海が恵んだ生き物の肉や血や草木の実
五感が捉えた実感
反吐が出るほど辛くても
これを忘れずに生きていく人間

「カミサマ」は「ガセ」[*]では生かさないさ
それとも「カミサマ」なんか死んじゃったか

* 偽者、まやかし。

希望の牧場

おれは「べこ屋」[*1]
居住規制・帰還困難区域
阿武隈高地の「希望の牧場」
被曝牛三百余頭に毎日汚染草を食わせ
あれから四年余りも生かし続ける

この行為の《矛盾》がわかるか
「利用価値がないから殺処分」と言われて
「はい　そうですか」と　俺は殺さない
東電・国への猛烈抗議だ

俺はここで被曝した牛と生きていく
被曝続きの俺が世話をする
こいつらも俺も原発被害の生き証人

やってるうちに仲間が出来た
ロール巻の汚染牧草をくれる同業仲間
弁護士や記者上がりやルポ・ライター
見学に来るマスコミや学生ら

白斑牛[*2]続出は銅欠症
先のことは分からんと農水省
情報門外不出で爛れる東電・オカミ

放射能被曝の影響を長期に記録
見捨てられた生き物たちが残す証《あかし》
役立つ時が来る「希望の牧場」
俺や牛たちの被曝線量は半端じゃないが
炉心は溶融爛れているが
俺の心はむしろ活性化している

*1　牛を飼う人。

*2　黒牛の皮膚や毛が白くなる。
（朝日新聞朝刊・連載「プロメテウスの罠」から）

内視鏡検査

午前二時　下腹部の激痛と下血
救急入院　絶食と点滴
二リットルの水と下剤で腸内洗浄
腰を「く」の字に曲げて臀部を剝き出し
肛門からファイバースコープがぬるりと進入

腸管を巡るカメラが写す
がん？　潰瘍？　ポリープ？　それとも？
診断は「虚血性大腸炎」
主たる原因は「便秘」とのこと

憂き世に噴き出す病根はなに？
常識備えてりゃ　ほぼ分かる
「ワカッチャイルケド」
「見ない」「言わない」「聞こえない」

「戦後レジームからの脱却を！」
あの島　あの地の痛みにソッポ
来し方百五十年を内視鏡で視れば
「官」「財」「軍」の「欺瞞」「侵略」「抑圧」
悪性腫瘍の血膿を啜り振りまく幻想
ウルトラナショナリストが居丈高
万札看板の諭吉さんはどんな顔してる？
ニッポン会議の黒子が踊る

アジアのこころを踏みにじり

虚っきよ

…しっかりと…まさに
…総合的判断のもとに　適切に……
…有識者会議の静かな場面で……
…――ミクスは道半ば……

すらすら流れる答弁の
曖昧ボキャブラ慣用句
羅列するだけ筋ぼやけ
赤い血通わず　すり抜ける
それでも仲間たちの頭では
滑らかしゃべりに気を取られ
起立拍手のシャンシャンシャンシャン

さすが！　と感じるこの虚　虚

ご一新から百五十年
アチャラカ思想のサルマネの
徴兵制度ももうすぐだ
駆けつけ警護は武器持参
地震に津波に原発だ
帰る家がない土地もない
誰を守るかオスプレー

ボクのおなかもきょきょきょの虚
ケツの穴から真っ赤な血*
七転八倒で救急車
なんとも切ないこのイノチ

＊　虚血性大腸炎。

見極めねば

ガラッと変わったな

面構えが急にしぶとく　薄汚くなった
何年か前に青白きインテリが
舞台中央に上がった時にゃ
「こりゃダメダ」と　なぜか思ったが
案の定　下痢が続いて辞めちゃった
ところが　あの神経質（そうな）男がまたもや現
れ
今　ふてぶてしい顔で振りまく
キイイ　キイイ声を聞いていると
彼の祖父さんの禍々しいＤＮＡが
愚かなわれらの背筋に共鳴し
つい「そうなんだ」なんて誤魔化されそう

《一人で狂うのは珍しいが　集団では普通だ》*
　と言ったのは誰だったか
いつの間にか虚構に流れ込む輩の群れ

その仮面の理屈を打ち破り
よじれきった信条をひっくり返す
勇気ある勢力が未だに見えてこない
《……会議》がバックだからか
あの面構えは贋造の確信に満ちていて
今　われらは
この国の歴史を振り返り
あの男の顔と素性を見極めねばなるまい
《シッカリト》

＊　ニーチェの箴言。

夜道

独り逆巻く若年の血潮
自省と自重を拒否し
いきり立つ駻馬に鞭を当て
黝《あおぐろ》い静脈を膨らませ息巻いた

食い　種を残すために予期もせぬ
六十余年が過ぎ
遥か遠ざかった　わがポリティカル・エイジ

だが　よくよく見ると
やはり視界は依然として
いや　さらに一段と腐蝕の臭気を発散し
絡みつく蜘蛛の糸のねばりと引きの強さ
じわじわ締めつけ

蘇る怒りの炎に混濁した血を
結滞しがちな心拍で還流させ
鈍重な憤りを充電させていく
この陰鬱なイメージを継承し
青臭い言葉を吐露しながら
残りの足取りを刻む八十路《やそじ》の老骨

夜道　かじかみ
もしも　さらに十年後の今夜があるとすれば
その時
何思う

詩集『束ねられない』（二〇一九年）全篇

一章―季のゆらぎ

のろし

何年も放置していた二十坪ほどの庭
乱雑に置き並べていた鉢植えを
隣家との境界フェンスの脇に並べ替え
新緑を競う柿　躑躅《つつじ》　梅など
庭木の隙間の雑草を抜き取り
強《したた》かな腰痛を堪えながら掻き均した
砂混じりの僅かな空き地に

異常な低温下で過ぎ去った秋冬を
枯れ木の相貌で生き残り
白っぽい折れ曲がった針金のような小枝を
編み笠のように張り巡らせている
差し渡し二メートル　背丈一・五メートルの灌木
楓*

時期不相応とも見える
初夏に近い陽光と高温が降り注ぐ中
枯死を跳ね除けて一気に蘇る生気が
尖った枝先や節目から新芽を噴き出した

そのしなやかな絹布に似た新芽は
葉脈に沿って七片《ななひら》に深く裂ける
紫を帯びた暗赤色の密生する葉群れ
気だるい四月の風に揺れ血しぶきを噴き散らし
緩やかな風に煽られ妖しく燃え上がる

春の　のろし

＊ ちりめん楓《カエデ》（タカオもみじの一変種）。「レッド・ドラゴン」の渾名もあるらしい。

一株の草花*

湾曲した背骨が左肩を突き上げ
杖を右手に萎えた足腰で散歩する
高い擁壁に沿った団地裏の歩道は
「ほっ」と気が緩むひと刻

家並みが途絶え
街路は間もなく農道へと抜け
田んぼに降り注ぐ陽光が差し込む辺り
歩道に立つ交通標識の脇の
コンクリートの僅かな裂け目に

一株の草花
三叉に分かれた茎から枝葉を広げる
小振りな幾つかのピンクの花

それは
今　小学校に上がった女の子が
両のてのひらをぱっと広げ
満面の笑顔で手を振り合図する
その細身で健やかな容姿が
網膜を透して脳裏に蘇る映像は
十六年前の孫娘の姿と一瞬重なる

その孫娘は近く子を産むという
なんと……僕は曽祖父《ひいじい》だ

草花の名称は定かでないが
もの怖じしない精気に溢れ
植物など寄せ付けもせぬ
しらけたセメントの罅割れの隙間
僅かな乾いた土から芽吹く草花の
瑞々しい茎の先端に
精一杯の歓声を上げている

二十歳代以後僕は幾つもの内臓を失い
「三十路《みそじ》まではとても……」と
諦めかけていたが　今は
「奇跡か」と思いつつ八十路《やそじ》を彷徨う

老残の僕のしゃがれた喉笛が
「ああ!」　と
呻いた

＊　名称は不詳。

てんとうむし

……まーだ生きとったか……

と　思っていたあの年寄りが
杖をついて県道沿いの歩道を
よちよち歩いている

ブロックレンガで隔てた車道を
ビュンビュン走るクルマが気になるのだろう
ふい　と立ち止まり前後　左右を見回す
なにするか？　と　見ていると
股ぐらのあたりに手をやりもぞもぞ動かす
さぐり当てた一物を抓《つま》んで小便《しょんべん》を垂れる
その滴《したた》りはすぐに止む

ここ二十年　あの男が早足で歩いている姿は
毎日のように見かけたが
最近では珍しくぽかぽか日和《びより》の春風に誘われ
久しぶりのお散歩か
「あいつも弱ったな　そろそろお陀仏か」
と　噂されてもいるのだが

じーっと見ていると
滴りを振るい落とそうとして腰を振り
なにごともなかったような顔でまた歩き出した
後ろも横も顧みずに
ぼんやりと前だけを向いて

その跡の濡れた道端の草むらには
クローバやタンポポが元気
黄色いはなびらの間を
赤地の「背の甲」*にいくつかの黒い斑点をつけた

てんとうむしが　ひとつ
のんびり這いまわっている

＊　前羽・上羽。

陽光のある日

暮れから続く近来稀なこの寒気も
漸く終わりを告げた陽光のある日

「元気？　ドライヴにでも行かない？」
嫁して二十余年の娘の殊勝な誘いにのり
その車に　つれ　と同乗し高速経由で一時間半
免許証を返納して三年
かつてはマイカーで走ったルート
風景の変貌を実感しながら行く先を告げる

危機に瀕して彷徨う私をさり気なく支えた
青春期以来六十数年の内奥の友
〈M〉は
阪神大震災で妻を失い永らく独り住まい
今年は賀状も電話交信さえも途絶えた
彼の住処は百数十キロの彼方　故郷の隣町

生きてるか……
病で動けぬか……　どうしているか……
それとも《まさか……》ではあるまいか
気はそぞろ

「元気ですか」
肉太な去年の毛筆賀状の〈M〉家の所在地を
娘はナヴィで捉えて車を停めた
偶然出会った隣家のご主人に彼の状況を訊く

「〈M〉さんはこのところ難聴でね……」
私は〈M〉宅の玄関から上がりこみ
「……が来たバイ」と大声の筑後弁で
襖越しに呼び掛け中に入る

嗚呼　紛れもなく〈M〉がいる
切断された中足骨部を包帯で包み
寝間着にダウンベストを羽織り
椅子に腰掛けたままに
あの頃と変わらぬ柔和な笑顔があった
私は瞼の膨らみを堪えて彼の掌を摑み
〈M〉も温かく握り返した

変わったのは禿げ上がった頭だけ
私と同様に

六月の冷たい夜のひとときに

東へ一千余キロの関東に住む息子が
嫁さん同伴で一年半年振りに帰省した

「体調はどうだ?」と訊くと「ふつう」……
「職場の雰囲気や仕事はどうだ?」と訊くと「ふ
　つう」……
まるでしゃべるのは「面倒くさいよ」と言った風
情
夕方山賊*鍋で会食したのに夜中ごろ
「ラーメン食いたい」とつぶやき
嫁さんともども近くのラーメン店へ出かける

翌朝　発ち際
オレに握らせた紙包みには

ひらがなで「ありがと」と書いてある
中にはこれも折り畳んだ万札一枚
……明日は「父の日」だそうだ……

とはいえ　いくら遠くにいるからといっても
久しぶりの帰省で近況を自分の口でしゃべらぬ
五十一歳の息子への歯がゆさ

それに加えて近くに住む五十三歳の娘は
「あたしおばあちゃんになったの……」と　得意げ
なんだ？　このオレを曽祖父《ひいじい》にしたということか

六月の冷たい夜のひとときを苛立つ
病だらけの八十路を辿る
惚けオヤジ

＊　近所の大衆料亭。

肌寒い七月

梅雨だから降り続くのは当たり前だが
すでに七月半ばの真夏
普通なら半袖シャツに短パンが当たり前

けれども
今年の夏は梅雨入りがいつだったか
梅雨明けはいつなのか未だに曖昧　と言うのは
あながち福岡気象台の怠慢とばかりとも言えまい
冷房機を稼動させずとも過ごせる
七月半ば午後三時のこの冷え込みは
有り難い事ではないか

とはいえ　この時刻二十三℃で
半袖Tシャツ・短パンでは
八十路《やそじ》半ばのこの身はどうも落ち着かぬ
「空調機を暖房にするか」というと
オレより六つ若いつれは
ツレナクモ
「バカ、体が可笑しいんじゃない？」
オレハ
下履きの上に長ズボン
半袖Tシャツに長袖の綿ジャンパーを羽織って
自室へ逃げ込んだ

窓を開ければ

二階の部屋
東と南の窓をあければ夕刻の
吹き抜ける七月の風が私には
優しい

懐疑と不安にさ迷う川の流れに棹をさし
胸の奥に疼く本音を裏切ることのなかった
過日の情景について
「後悔はしない……」と
静かに思い浮かべている

自らを欺いて
押し流される浮き草に甘んじるならば
もう　私は
なにも書くことも言うこともない
これまでの足跡に泥をあびせ
過ぎ去った八十余年の
時と思いを抹殺することに

なるだけ
酷暑静まる夕べの凮はさわやかで
私をゆるしている

柿の実の運命

自宅の庭のひと隅に植えた
柿苗が二十年余り経た今
枝葉は夏の炎暑を遮り
冷んやりと木陰を差す

今年も鈴なりの実をつけ
この秋の味覚に期待を膨らませ
熟れた甘い実を枝ごと柄長鋏で切り取り
お隣さんにもお裾わけできると……

ところが八月半ばから九月にかけ
薄黄色に変色し始めた拳大の柿の実が
ポトリポトリ　と落ち始めた
地面やガレージやテラスの屋根にも
昼間も夜中にも落果する音
拾い集めた落ち柿を笊に盛り

「すこしは落ちるさ」と
高を括っていたが九月の半ばには
すべての枝の柿の実が姿を消した
拾った実をゴミ袋に詰め込んだが
それは一千個にも及び　ずっしりと重く
町内のゴミ置き場へ運ぶには膂力が及ばず
柿の根元をブロックで囲い
径二メートル枠の中にぶちまけたが
数日後　山盛りの捨て柿は茶褐色に腐蝕し

幾分甘味な臭気を漂わす

一日平均気温が三十℃
一八九〇年以降二番目の高気温と雨不足
柿だけではない　故郷の山麓の栗や葡萄も
木が身を守るための『生理落果』*

散歩コースの農家の柿の実も　ポトポト　と
同じ運命を辿っている
終末時計の秒針が動く
音もなく

＊　二〇一八年九月十五日「西日本新聞」朝刊から。

五月の空に

居間のガラス戸越しに眺める五月の空に
庭の柿の青葉が揺れる

昨年夏は史上稀な酷暑に耐え切れず
鈴なりの熟れかかった実を
一つ残さず振るい落とした
樹木が生き残るための

〈生理落果〉

落ち葉は我が家の庭だけでなく
隣近所にまで飛び散り
師走の或る日頼んだ剪定業者が
伸び放題の枝をすべてばっさり

わが腕大の幾つかに分かれた枝だけの
裸になった姿に
「なんと残酷な……」
もう　この柿の実を食べることも
お隣さんに配ることもないだろう
「永久に」
と　ひとり呟いたが

明けて四月の気温と風が
あの柿の木を呼び覚ましたか
樹皮のところどころに
薄緑の「新芽」がぽつぽつ頭を突き出し
あ、生きていた……と胸がざわめく
小鳥が来てその芽を啄むのでは　と
ハラハラ

五月
その芽はずんずん伸びて
若緑の枝葉が奔放な精気を吐く
初夏の陽光に煽られ
臆面も無く萌え盛る柿の木のいのちの勢いが
枯れ果て　消えかかる私の命に
そこはかとない歓びをもたらす

二〇一九年五月

一瞬の赤の消滅

暮れかかった空の下
マイカーが群れ走る片側一車線の県道
その脇に沿った歩道を歩く

その上を跨ぐ国道三号の
暗いガード下を抜けた五十メートルの地点に
隣接の団地を繋ぐ市道と県道との
交差点の目の前に立ちはだかる
真っ赤な四つの眼
車道の停止信号灯は上側に大きめ
歩道用にはその下側に小さめ
左右両側の上・下にそれぞれ二個ずつ

踏み切り停止線の手前で佇む
十数台のクルマの後部左右に点る
ブレーキ灯の幾つもの赤の列

真正面の西の空には
今　沈みかかる半欠けの太陽の赤
それは溶鉱炉から引き揚げた鉄板の切片
暮れかかる空の下の赤は同質の赤だ

暗いガード下を通り抜けた途端
視野に跳び込んできたこれら一瞬の赤は
立ち止まった途端に信号は青に変色
車列も尾灯をすべて青に変えて走り去り

その上を覆っていた夕日は今日一日
二つの高気圧が重層*して滾《たぎ》る大気の灼熱で
地上の幾人を炙り殺したか
無言のままに遠い山脈の向こうへ姿を消した

偶然に目視したこの
――一瞬の赤の消滅――
が　齎す不安と不吉

*　二〇一八年、太平洋高気圧とチベット高気圧が重なり

日本列島上空を覆う異常高気温（福岡管区気象台）。

うたた寝から醒めて

晩夏の午後　うたた寝から醒め
腰から背中から後ろ首にかけ
焦げ付く熱気を感じて裸になり
鏡の前に立って首をひねり
映る背中を覗き見ると

皺だらけの皮膚が剝がれその下には
しろじろとした薄い肉の上を大小の赤黒い血管が
網の目のように走っていてところどころ
ぷくぷく　膨らんだり萎んだりしている
そこからはみ出した内臓の水分は気化し
ゆらゆらと窓の隙間から逃げていく

肢体は次第に透明になっていく
頸骨から五本が欠けた肋骨から背骨の間から
心臓　一部を切り取られた肺臓や胃　胆囊を失った肝臓
膵臓　腎臓　脾臓　膀胱　前立腺　大・中・小腸
性器から肛門へと連なって消えていくのが見える

「ああ　消えるのだ……」

瞬間の意識に抗い
残っている骨盤と両足の骨で立ち上がり
その場面から逃走しようとしたら
額が本棚のガラス戸にぶち当たり
罅割れた頭蓋から干涸びた脳味噌が転がり出て
過熱して揺れ動く宙空へと

消えていった

とどろき

遠いところから
得体の知れない轟きが沸き起こる
くろぐろとした乱雲が近づく
雷か颶風《ぐふう》・竜巻の嵐が来るか
大地の震えか
核戦争の時が近づいているのか
それとも宇宙・太陽系のビッグバン?

その瞬間からすべての事象
身の回りの景色
人々の声も　空の色さえも
それまで
日々のうつろいに添って
語りかけていたもろもろのものたち
悲しみ
怒り
恐れ
ありもしない歓喜
もろもろの　思いに満たされていた
周りのものたちの語らい

その時からすべての言葉が奪われ
よそよそしくなり視線をそらし
それぞれの身の置き場が見えなくなり
かすかな地鳴りと
とどろき　が

民宿

五年前の春　男兄弟の夫婦連れ六人で
玄界灘を臨む宗像・大島北岸の民宿に泊まった
神湊《こうのみなと》から二十五分の船旅
鄙びた民宿「まなべ」の廊下や
浴室の床を這い回るフナムシも気にならず
皺や禿げや白髪の肉親たちとの
儚い思い出は鮮やかで懐かしいが
その後　兄夫婦と弟はそそくさと他界した

つれ　の白髪《しらが》頭を見ながら
「もう一度行って見るか、二人っきりで」
ふれあいバス*に乗り継ぎ神湊の渡船場へ
大島までの海は穏やかで

あの「まなべ」のお上さんが「軽」でお出迎え
舞台つきの誰も居ない大広間で二人だけの晩餐
漁れたての海胆や活魚　烏賊刺しやなにやかや
ビール一本　コップをカチリ
やおら　たけなわのころ　お上さんが
……オメデトウ　オクサン　喜寿だそうで……
尺余の鯛の尾頭つきの（塩蒸し）を不意の差し入
れ
「《オレヨリサキニシヌナヨ》なんて言うんです
よ」
と　つれ　は照れくさげ

帰りは民宿のご亭主があの「軽」で
日露戦争当時の砲台跡　灯台　展望台　風車なん
か
晩夏の風が吹き渡る玄海に浮かぶ大島を一巡りし
桟橋まで

お代は〆て二万円からお釣りがきた

＊　宗像地域内を循環する市営の小型バス。

深くなっていく秋の朝の空

深くなっていく秋の朝
ベッドを降りて雨戸を開け
清冽な光線とともに迫ってくる視界は
宇宙がぼくに投げかける冷徹な未来学だ

隣家の屋根の上から差し込んでくる
光線とともに深々とした
行き着く先の見えない透明なブルーの中に
純白に晒された真綿が　厚く薄く　太く細く　長く短く

東西にたなびく巻雲＊の連なり
今この天空に表出されている現象は
人間の意識とは異次元の変容
寸刻たりとも留まることがなく
凝視する一瞬においても
なんと微妙な移り変わりを見せることか

肌に浸み入る冷気の中
雨戸の外の濡れ縁に立っているぼくの全身に
生を受け永い時間をかけて降り積もった
汚濁と疑惑と悔恨にまみれた夢から
瞬時に覚醒させる

深くなっていく秋の朝の空には
一日のぼくの命を繋ぐエネルギーが
漲っている

＊　地表から十四～十五キロ上空、気温マイナス二十℃の
対流圏の上部に現れる氷晶した繊維状の雲。

水仙＊

森の梢は　そよ　ともせず
ふもとの田の面に連なる麦の芽の列は
近づく春の日に向けて根株を張らせ
幾つもの芽と茎を増やすために
ローラーで踏みつけられており
視界に人影はなく　話し声も聞こえない

この寒々とした光景の中をひとり杖突いて歩く
それは　老いの心細さを持て余し
一日　二、三千歩の歩行を課しているのは
生きていることへの幽かな証しだろうか

現世《うつしよ》にこの歩行者を意識する何ものもない
だが　その姿を嘲笑う傲慢の植物を見た

道端の空き地の枯れ草の中に
一塊の球根が数本の茎を束ね背筋を立ち上げ
凍てつく空間に鋭く濃い緑の葉先を突き揚げてい
る
水仙
その茎の一本一本の頂に真っ白な花弁を抱え
その奥に秘める純粋黄の花冠には
雌蕊とそれを囲む幾つかの雄蕊

枯れ凍える雑草の群れの中に　この
水仙の一株だけが傲然と命の精気を放つ
その「自己愛」の姿に
何故？　ともしれぬ違和感と嫉妬を覚え
隠し持つと言われる内部の毒性への

拒否感を誘う

＊　学名は（narcissus）ナルシサス。

冷たい土の下で道連れに

氷雨の夕暮れ
間もなく浮世におさらばする軀《からだ》がたどる歩みは
よたよたとして　コートを羽織り
フェルトの帽子を頭に載せているので
びしょ濡れにはならずに済むのが幸い
急ごうとして息がきれそうだが
杖を突き転びもせずに足を運ぶ

道端に沿う墓地の　誰のとも知れぬ
墓石の脇の土を杖で穿《ほじく》り僅かな窪みに
身を屈めぐもると
取り巻く泥壁の中からしろい人間の骨が
ぽろぽろと顔に崩れかかり

嗚呼　あんたはもう長い間
この土の中に潜んでいたのだね
これからはこの私の骨が
あんたと道連れになり何処《いずこ》へとも知れぬ道のりと
暗い湿った時間をともに過ごすことになったのは
何の因縁でしょうか
互いに声も出さずに向き合って
無窮の時を過ごすうちに　あんたとともに
私の骨も周りと同じ湿った土に還っていくでしょ
う

そして地面に落ちた野草の種は
春が近づき細い根を伸ばし私たちの

消えたいのちの気配を吸い上げみずみずしく発芽
し
緑の葉を広げていくとは思えませんか
その時はまた青い空とそよりとした風
ほのめく太陽の温度とひかりを
ともに浴びるかもしれません
ね？

二章――［沸騰する疑念］それは……

孵化後の危機

のっぺりした表皮の内実《なかみ》は
先々代の指導者の精神構造と行動
彼らの狂奔した姿の残像を思えば……
死臭孕む羊水に育まれた胎児の堅い殻はじわじわ
と軟化し
胎内で蠢くエコー映像の異形の胎児の出産を待ち
焦がれ
胸ときめかして凝視《みい》る狂気の眼差しは
これこそが　われらが祈願する
《真の指導者！》と　歓喜の声を挙げるけれども
今（日々の営みに多忙な普通の人々）の眼には
《真の指導者》が壇上から繰り出す止めど無い口
ぶりに
《否》とも《応》とも判じかね
「しっぽに火がつき逃げ回る狐か狸か？」と　首
かしげ

百五十年の時空をなぞりつつ
踏みにじった幾千万の同胞・異邦人の
死屍から立ち昇る呪いの言葉を聞き取る

今（日々の営みに多忙な普通の人々）の眼には
あれ以来七十余年間
仮死を装い生き延びた「悪鬼」の卵が孵化し
再び傲然と立ちあがる
《真の指導者》の醜悪な実相を見つめて
危機と恐怖に背筋を凍らせる
あの【○○会議】の呪文が憑依する
あの一群の
狂気と　その言動に

おジイ様、おカア様よ

……オレはこの高価なウイスキーをいくらでも
　飲めるのだ
世界は　いつも彷徨ってきたのだ
人間の尊厳や命や情けや悲しみなどは
これを飲んでいればいつの間にか吹っ飛んでし
まう……

嗚呼　オレはおカア様に仕込まれた
《貴方は周りの者とは「血筋と格」が違う　生
　まれが違う……》と
オレのおジイ様のことを
《誰がなんと言おうとこの国を動かしてきた
　それだけエライエライ指導者だったのだ
　その血と遺伝子をお前は受け継いでいる

それだけの「格」が備わっているのですよ
シッカリと覚えておきなさい
おジイ様を超える狡猾・強引・独善
厚顔・尊大な指導者になるのだ》 と

おジイ様の娘のオレのおカア様のあの声が
いつもいつもこの耳の底で唸り反響しているのだ
ああ　オレにはその声色が今や神聖な呪文となって
全身に響き渡り　その言霊《ことだま》通りにオレは動いているのだ
だって周りの奴らはオレに倣ってオレの言う通り動いてくれる
議員だって閣僚だって役人だって
世間では「忖度」「忖度」と囃し立てるがオレに罪はない

おジイ様
この高価なウイスキーは呑み込んでもいいんだよね
おカア様よ
オレはこれでいいんだよね　ね

殺意

その兆候はむしろ人々の瞳孔の迷いに見られた
……あれは嘘だ……（理に適わぬ）と解ってはいるのだが
おおぴらには口に出せない
あの党・会派を覆う禍々しいガス体の横溢
重苦しくて息も出来ない圧力

【己の今の地位を維持するには
その軸をなす虚像を崇めておく他はない】
《○○会議》の
禍々しいガス体に包まれる者たちが唄い流す頌歌《ほめうた》
【隠れ蓑の下で戦犯を免れた祖父の娘＝オレの
母親の祈りを具現する唯一人のミッション！】
口には出さぬが　あの男の意思は
「国体」の護持と覇権を企む呪文で一段と凝固し
《国民の皆様に寄り添い　シッカリと　総合的に
……》
常套的フレーズを裏返す強権政治の虚言になびく
取り巻きの面々は尻尾フリフリのオポチュニスト
儲けと権力　世界の「ファースト」を目指す
赤毛の男は海原の向こうの大陸から睨みを効か
す

出口を塞がれるタミクサは
貧困　格差　放射能　異常気象と
世間を支配するおぞましい毒気に
「殺意」を感じ取り　身震いしている

敬礼するのだ！　君たち

生涯の目標として母が与えた最高・最大の使命
「九条」を骨抜きにし　あの戦争をする国の
最大最高の権力と地位と財貨を握るために
人間の歴史は殺し合い奪い合いの連なりだ
その戦争をやらせるために君たちを
七十年かけて殺人集団「軍隊」として育ててきた
のだ

現実の作業は　これから未来志向の
「ＡＩ」「ＧＰＳ」「ミサイル」「ドローン」
などによるロボットが殺人を実行し
《ひと殺し》の露な惨状を目視せず
人間としての罪の意識は剝離されていく

君たちは　今　なんと可哀そうではないか
それはわが国最高法規の憲法九条が
「戦争放棄・戦力及び交戦権を否認」し
《軍隊》の存在を否定しているからだ
心に矛盾を抱え肩身が狭いだろう

そうだ　私がシッカリとその身分を
立派な国家公務員としてこの国の世間に保障し
凜々しい制服を着て街や村を誇りに満ちた顔で
堂々と歩けるようにしてあげるのだ
この思いを十分に汲み取り　この私の名を
日本の歴史に刻み　偉大な男としての偉業を
各自の胸に刻み込んで欲しいのだ
そうだ　私を歴史上の偉人として尊崇の眼をもって
敬礼するのだ！　君たち

湖面に映る顔

湖面に映る
自らの美貌に酔い痴れる男
その胸に凝固する
自己愛は
祖父の娘が伝える妖気の塊だ
実のところその美貌は
摸造の仮面に過ぎないのだが

彼はその仮面のままに世間を欺き
内面の真実を放擲したままの
妖気に操られる
我執の走狗となり
闇夜の暴走は
果てることもなく続き

或る日
ふと立ち止まり

森の奥深く隠された湖の
澄み渡る水面を覗き込むと
そこには
老廃糜爛する自らの
醜悪な相貌を見つけた

彼の周りや後ろには
誰もいなかった

年号　または元号

「平成」から「令和」へ……

折につけて書かされる
病院受付での問診表　市役所に提出する書類
銀行や郵便局　業者との契約書や領収書
手紙やはがきなどの日付
他人の誕生日ともなれば
「明治」「大正」「昭和」「平成」そして「レイワ」
誕生日を元号で答えられ
「今　お幾つ？」と訊くわけにはいかぬ
元号を二つも跨げば足し算引き算でまごまご

まことに恥ずかしく　申し訳なくて
カレンダー見るたび
これ元号？　西暦？

今年から「レイワ」の時代と言われれば
その音韻から受ける感じは必ずしも悪くない
「レイ」は勿論「礼節のレイ」「謝礼のレイ」
文字は昔の漢字で《示す偏に豊》
あの「禮」が　良いかもと　思ったら

なんと
「命令」「号令」「勅令」「召集令」
あの押し付ける時の「令」
レイワの「新時代」に向けてこの国は
どんな時代　どんな社会を描く？

罅割れ

似非の権威に罅が走る

一世紀半も前から取り込んできた
文明開化の仮衣《かりぎぬ》を纏う猿真似文明
実のところ富と権力の亡者たちが
「国体」*を旗印として
われらの祖先の血脈に連なる
百姓町人や食いはぐれを囲い込み
「見るな」「聞くな」「言うな」
三猿の檻に閉じ込め贋夢をあてがい
吸いも吐きも儘ならぬ態に囲い込んだ
郷土の列島人を

異国の土地での強奪人殺しに狩り出し
故郷の町や村を瓦礫の荒野に晒した

いきものの必然と願望は
神話に名を借りた騙しの皮膜を突き破り
偽りの器から脱出しようと
怒りの血肉を充満させる

奇形の思念が乱舞する男の
頭蓋骨が罅割れ背骨に亀裂が走り
神経・思考回路は切断
肛門が裂け　性器はふやけ
腹部の腫れ物から膿を垂らし
係累のニッポン的ナルティシズムに
凝固する男は既に丸裸だ
壇上からまくしたてるあの男の
答弁をこしらえたのは

秘書か?
それともＡＩ　か?
唇はまるで録音テープのように
同じフレーズを並べるだけ

「マサニ」「テイネイニ」「シッカリト」
「真摯に」「不可逆的に」「総合的に」
「心を寄せて」「加速」してまいります

なんて　繰り返している
鸚鵡じゃあるまいし

＊　国体＝大日本国憲法では、万世一系の天皇が君臨し、統治権を総攬することをもってわが国の国体とした。

A大臣に問う

「新聞販売店の人には悪いけど
拡張員さんには協力しないほうがいい
新聞を読む人はわが党に投票しない」

国家の財布と役人たちを牛耳るあの男
時々フッと本音を漏らし後で恥かしげもなく取り繕う

TV、PC、スマホなどが流す情報は
世相の上っ面をサラッと撫でツイートし
その奥にある事実や真実、裏側の蠢きにも
たまにはチラリと眼をやるが筋の通る論評はなし
このところ　電車やバスの椅子に腰掛け　掌《てのひら》を覗き込み
耳にイヤホーンをつけ指先を動かしよそ見もしない
本や新聞を読む人は殆どない
ハンドル握る片手でスマホを覗く

スマホどころかテレビも見ないオレサマ
偉そうなことは言えないが新聞だけは三紙
時間をかけて読む
気になる記事は何度も読み切り抜き書き抜きもやる

書き手や編集者の本気度に思いを馳せ
世相の奥の流れに心の視線を注ぐ

後期高齢の暇人「オレ」よ
化石人間だからか？　……それとも
紙媒体はなくなるのか？

三章―やむにやまれぬ

やむにやまれぬ

詩ごころとカネごころを
ゴッチャにするところに
大いなるバカバカしさがある

詩ごころと権威や驕りを
同居させるところに
喩えようもないナンセンスがある

詩ごころは
何ものにも惑わされない
何ものをも恐れない
何ものをも期待しない

夜道を歩く孤独の人の胸奥から
燃え上がり　よじれ　滲み出る
やむにやまれぬ想いを

生々しく厳しい言葉に
結晶させること

やむにやまれぬ

たたかいの庭

皆　みーんな
それぞれの

たたかいの庭を持っている
持って生まれた私だけの
あなただけの
たたかいの庭を持っている

それは
死ぬほうがいい
と　思うほどの苦しみと
死んでもいい
と　思うほどの歓びを
ひとり味わう
庭

この庭はあなたや私にとって
生まれて来たことの徴《しるし》を残す
ただひとつの庭

ぬかるんでいるほど
確かな足跡を残す

たたかいは
足跡の確かさで
その悲しみと感興を
人々に示す

命じてくれよ

モチーフだけでもいい
脳裏に囁いてくれ　それだけで嬉しい

この身をよじり悶えながらも生み出せない
「やむにやまれぬ」ことばを
無理やりに吐き出そうと焦るばかり

心は寒々として肉体も凍りそうだ
　幾たび観たか《マディソン郡の橋》*
　あの二人の生涯でただ一度の全霊のたゆたい
　溢れる血液の脈動

若い日
病に倒れ断崖を背にして
長く　臥せっていた　その時　突然現れた女
高校時代　ともにビラを貼って回った
あの時のおかっぱだった少女の
まっすぐな視線を受け留める僕の命は
すでに萎え　心は死んでいた
その後　六十余年を永らえた僕の命の時間は
もう尽き果てようとしている
今は一瞬の炎を燃やす情熱の詞《ことば》

その時のためのことばを
詩で
ごうごうと鳴る窓の外の春の嵐よ
僕に新しい血を通わせる詩を
命じてくれないか

＊　一九九五年公開のクリント・イーストウッド監督・主演のアメリカ映画。

〈本音〉と〈真実〉と〈客観〉と

「それは違う！」と周りに
ざわめきが沸きあがる

どこが　どう違う？
〈価値観は無数〉とは言うものの
発語した瞬間の思惟と感情が〈本音〉であれば

それは己にとっての
〈真実〉としか言いようがない

仮に
自らの〈本音〉に対して誠実ではなかった
と　するなら自己欺瞞

翻《ひるがえ》したとすれば
自己防衛のための打算
言い逃れに過ぎない

瞬間の発語はやはり
〈真実〉だと思いたい

それが例えば誰かの脳裏に
人類の未来を想像させ得る何かがあれば
だれがなんと言おうとも

宇宙の遠くから囁く声が聞こえる
〈真実〉は　永遠の時間の流れの
闇の中に潜んでいる……

裸になって

納得できないあのことを
なにをいまさらくよくよと
放り出されたこの世間
手足ばたばたやってれば
なんとかなるさこの阿呆

痛い報いの時が来る
そのとき慌てて喚いても

そこで阿呆は「空《くう》」になる
乾いたお空の片隅へ
綿毛のように飛ばされて
形も影もありゃしない

たとえお空に消されても
思いは消えない迷《まよ》い子は
いくとこなけりゃ天の川
泳いで渡って織姫の
むねに抱かれて泣きじゃくり
お乳にすがって吸いましょう
姫の命のある限り
みんなみーーんな吸い取って
またまたこの世に生まれましょう

そのときまたまたあの場面
納得できなかったあの悔いを
腹かっ斬っておっぴろげ
ウムと呻いて声あげて
びりりと破って跳び出そう
裸になって跳び出そう

鵼《ぬえ》*の夜

ボトルの底にわずかに残っていた琥珀の液体を
ラッパ呑みで喉奥へ流し込み独り床板《ゆかいた》に寝転がり
詩人・某が書いた実業家詩人「辻井喬」の
視座《詩座》についての論評を
酔眼でなぞりながら刻の流れに身を任せている

吹き抜けるおぞましい寒風の中
地球の裏側の恵まれない人たちに
薬や食べ物を送りましょう

殺し合いは何時でも何処かで
化石燃料や核の驕りに
貴方や私たちは消滅する必然
がんは前触れもなくその血脈に宿り
命を絶たれても不思議ではない
頭のいい高級官僚たちは
頭の悪い子どもたちの青年期を
人殺し集団に

それでも化石燃料や核で温かな
酷寒の空の下のマイハウス・マイルーム

怒りと嘘に纏わりつかれ
行動と真意はちがうと自らに言いきかせ
鵜の命を繋ぎ続ける今夜も目を瞑る
夢うつつの中で腹や背中をかきむしり
滲み出る体液の
色は？　その臭いは？

＊　正体不明の存在。

愛しのエイリアン

この肉体のどこかに
あいつが生きている
今にも喉や胸を突き破って
飛び出してきそうな勢いだ

体内に奇異の液汁が充満し
いつ　なんどきこのわたしの全身が
怪奇の相貌に変身するか
それが不安だ

だが
今は奴を胸に押し込め
仮面を被りとおさなければならない
そのときが来れば思いっきり本性を露出《あらわ》し
暴れまわらせてやる

魔性よ
それまでは遠慮していてくれ

この肉体は間もなく滅ぶのだ
そのときが来るまでは

ああ　愛しのエイリアン

空を飛べません

鳥です

けれども空を飛べません
鳥は羽を上下・左右・斜めに動かし
空気を叩き　押しやり　地上を離れ
風に乗り　また逆らい
空中をしなやかに自由に飛べるはず
なのに空を飛べないのです

《空を飛べない鳥なんているものか》
と　言われそうですが　本当なのです
実は　鳥の中にも
空を飛べない鳥がいることを知っています
オウム　ペリカン　アヒル　ペンギン

ダチョウ　クジャク
世界中には空を自由に飛べない多くの鳥が
ほかにもいるでしょう

それにしても　それらは
空を飛ぶあの鳥類に間違いありません
だから　飛べないはずがない……と
いつも夢のなかでも思いつめています

けれどもその一方では
　＝自分は飛べない＝
　＝そんな願いが叶えられるわけがない＝
と　何故かそう信じている鳥がいるのです
そうです
鶏です

狭苦しいケージの中で御仕着せの餌を食わされ
雌鶏《めんどり》は卵を産みそして殺されて食べられるだけの
人間に飼われている　あのニワトリ

賢い脳味噌のないこの頭で考えると
人間の中にもそんな生き物がいるのでは？
わたくしもその種の《ひとつ》
かもしれません

欺瞞の転落

奴は　死んだと思われた

死にたくない
死にたくない
死にたくない

と　三度わめいて
結局死ねなかった

それからは
生き残りのための仮面を探して
毎夜
一人さ迷い歩きとおして
顔の無い男になった

それから
いつもあの街角に
やつの影（陰）が立っていた

あの日から……

都心の古巣が消えた

ふいの出頭依頼で
この街の都心の交差点の一角を占める
最も高くデカい白いオフィスビルに赴く

その前にふとその隣を見ると
そこにあった二十数年前の職場の
事務所が入居していたビルが消えていた
その敷地はスッポンポンでそこからは
向こう側にある家電量販店ビルの看板が
マル見えだ

そういえばあの時期
今は消えたビル九階の古巣
あの事務所の壁にはところどころ

稲妻のような亀裂が走っていた
思い起こせばあの時期多忙だった事務所は
数年前にそこから歩いて十分ほどの
小さなビルに引っ越している

あの疲れたビルは戦後の
バラック商店街の跡地にいち早く現れた
この街の現代化を示すオフィスビルだったが
七十年の齢には耐え切れず
静かな最後だったのだろう

退職直後はたまにあのビルの古巣に立ち寄り
雑談したりトイレを借りたりしたことも……
今は　思い出を消されたような虚しさだ
あの跡になにが出来るか知らないが

そういえば今日赴いた

戦後はこの街では最も高くデカかった
都心の交差点に面する白いビルや隣接ビルも壊さ
　れて
一帯が再び都心の大型再開発へ……との
記事を読んだ

半円と直径

雨が止んで散歩に出かける
コースの中ほどの曲がり角にある
防火用貯水槽の蓋に腰掛けてひと休み

降らないと思っていた雨が降ってきた
いつもは　これから丸くカーブする
田んぼの中の草道を歩くのだが
円の直径に等しい県道脇の歩道を歩けば

家までの距離と時間の短縮はどれほどか
何しろ後ろの方から本降りの雨脚が迫る

半円の直線距離は約四百メートル
半円周を歩けば六百二十八メートル
直線での歩行距離は二百二十八メートル減る
——こんな計算*に間違いないか——

そんな下らぬことを妄想しながら
杖ついて転ばぬようにヨタヨタ歩く
雨はどしゃ降り　車道の車の飛沫《しぶき》を浴びる
帽子から雫　半そでシャツもパンツも
肌にベッタリ

向こうから走ってきた赤い車が
ブレーキをかけて窓ガラスを下ろし
若い女性が「まあー」と　眉をひそめる

僕は「直ぐそこだから」と言って
スタコラ歩き

家に着き　杖を放り出し
脱ぎ捨てた衣服を洗濯機に放り込む
温水シャワーを頭から十分も浴び続け
ツレも見つめて「まあー」と言う

その夜
発熱三十八度のおまけが付いた

＊　円周の長さ（l）＝直径×円周率（$2\pi r$）。

ぞくぞくする

京都・高台寺では

尼僧を装うアンドロイドが[*1]
「わたしは観自在菩薩」と名乗り
訪れる善男善女へ
般若心経の教えを説いているそうだ

固有の肉体と精神を具有する現代人は今
「ＡＩ」とアルゴリズムとテクノロジーにまる乗りし
世界空間を徘徊する無機質な言語と数値の情報を
姿の見えない権力と財の権化となった特定人の
欲望に沿って束ねられ

文化と倫理の価値意識の枠をはずして操作され
仮想通貨を流通させ　違法の株価操作　脱税
ボタン戦争や強奪さえも思いのまま
ついには「ＡＩ」とロボットに職場を奪われ
血が通わぬロジックと文脈を組み立て

非在の芸術・文学を語り　創作し
《おお！　なんと斬新な　！　！》
侵略と大量殺人もボタン一つで
そのうちに
人類を破滅の罠に導く時代が来るか……

「文明ゆえに人類滅亡の可能性があり、
それを避けるために何を[*2]……」
と　苦悩する天文学者がいたそうだ

昨日までの寒々とした梅雨空が
今日は快晴の七月　といえば
真夏の熱波が貫く青空の空間を
そんな不可知の情報が無際限に飛び交う

ふと　不安に襲われる　遅れて来た男の
背筋が寒気で

ぞくぞくする

＊1　人間の姿をしたロボット。
＊2　朝日新聞二〇一九年七月二十日付け掲載―米天文学者カール・セーガン（一九三四～一九九六）のＴＶ番組「コスモス」を論じる神里達博（「文理融合」の好奇心）から。

一瞬の罠

突然　画面全域は悪ガキの殴り描きに変貌し
ブリキ板の切れ端とガラスの破片をかき雑ぜる
ガチャガチャ音の隙間から漏れる女の金切り声

……今すぐ画面に映る番号に電話を！
逆らうと　貴方のＰＣはウイルスに殺される！
問題解決のためには必ず……

繰り返すヒステリックなメッセージに
世界が核戦争に直面し逃げ場も暇《いとま》もない恐怖に
俺の脳味噌が硬直し　震える指で画面の
十数桁の数字を自分の電話に打ち込んだオレは
まるで宙を舞う悪魔に操られる骸骨人形だ

電話に出たのは　野太くたどたどしい日本語の男
　の声
「マイクロソフトの系列の者」と名乗るそいつは
……クレジットカードの番号を入力しろ！……

疑うゆとりも持てないままに
預金通帳の表紙の番号を入力したが
狙いは「電子決済カードの番号」のようだ
今　俺は詞《ことば》《ことば》捜《さが》しに彷徨う半ボケ老人
挿入しているＵＳＢメモリーの
《一年半かけて飼育中の詞の幼虫や蛹《さなぎ》たちが死ぬ》

無知の不安に混乱しつつもその直後
金融機関へ残高確認と払い出し停止を通知
翌朝　当該通帳全てを更新する
「ｐａｙｐａｙ」
「電子決済カード」
「マイナンバーカード」なんか信用できない
俺の脳味噌は化石化したか
文明の跳び撥ねに手もなく惑わされる
この空しさ

八十路《やそじ》の朝はフューネラル

催眠剤の効力が途絶え
膀胱の圧力に目を覚ます
午前三時にトイレに起きて
床に横臥し枕灯つけて
贈呈詩集に目をやるが
それから数回排尿し
夢かうつつで朝が来る

起き上がり
ベッドの布団を押しのけて
平らな敷き布に上向きに寝る
足腰曲げ伸ばしの腰痛体操
起きて肩、首、顎、口、舌を動かして
誤嚥予防のパタカラ、パピプペポ
医療絵図を倣って二十分

こうして始まる八十路の朝は
何時まで続くこの暮らしのリズム

脳裏に映るスクリーンに
夜毎出てくる死者の影
今亡き父母《ちちはは》　肉親　友人たちの
声が無い
かお　顔　かお

背筋を流れるメロディーは
オールド・ブラックジョーと
フューネラル・マーチ*

* 葬送行進曲。

詩集『この一年』(二〇二〇年)抄

前編

途方もない

二十二歳の孫娘が連れてきた
生後十二カ月を過ぎたばかりの
ひ孫を手招きすると

ぽやぽやの柔らかな手を差し出して
ひージイのほうによちよちと近寄ってきた
つい嬉しくなりひょいと抱きかかえて
立ち上がろうとすると
自分の腰骨がヒヒと呻いて

危うく転倒しそうによろめいた
冷汗をかいたひージイはじわっと腰をおろし
片ひざを床に突き直し
やっとのこと抱き上げて立ち上がったが
何とヤバイ瞬間であったか

ひ孫の体重を孫娘に尋ねると
「十キロ近いよ」

今の赤ん坊の育ちの早さに驚くとともに
齢八十五歳のひージイの耳にはどこからか
「身の程を知れ！」
という　意地悪い声が聞こえた
オレの家系の中には記憶の範囲では
ひ孫を抱いたものは一人もいない

もうみんなあの世の人になっている
ああ　オレは途方もない果報者
かも知れない……けれど

この子の二十歳は
健やかな時間《とき》を生きられるだろうか

蟷螂《かまきり》

秋の夕日が沈みかかる時刻
散歩の途中
団地へ通ずるコンクリート階段に腰を下ろし
一息つきながらふと足元を見ると
身長七センチ足らずのかまきりが
瑞々しい若緑の細い肢体に三角形の頭を俯け《うつむ》
折り畳んだ左右の両手（鎌）を揃え

祈りの姿勢で動かない

しばらく眺めいささか退屈になり
階段の隙間の枯れ草を抜き取って
その前をちらちらと揺らしてみたが
何の反応も示さない
苛立ってその頭部を枯れ草でちょっと突っつくと
彼（彼女？）はゆっくりと動き始め
私の靴に這い登ってくる
さらに突っつくとようやく方向転換し
団地のブロック塀にとりついた
こんな新鮮な色のかまきりを見たのは何年ぶりか
ふと考える
これはメスか　それともオスか
仮にオスならばメスと交合し終えれば
「メスに喰われる」というその生々しい情景を
執拗に見詰めたある詩人*が
リアルに描写している

このところ　かまきりを見るのは稀だが
子供のころ見たかまきりの中には
茶色の縞をまじえ　ふてぶてしく
捕まえて踏み潰すと膨らんだ腹部から
真っ黒なハリガネ虫が幾筋も這い出してきた
今日見たかまきりはメスなら
人間だったら　か弱い少女のよう

しかし　オス　なら交合を終えた後
メスに喰われる……のだろうか

＊　旧「沙漠」同人　故・河野正彦氏・「沙漠」二五〇号。

目を瞑ることはない

息が絶え
心臓の鼓動がとまり
まぶたを閉ざされ
氷の炎にあおられ硬直しても
目だけは
ぼくの眼《まなこ》だけは生きていて

生きてきた八十余年の時間の中で
網膜に写し取った事象
人間がヒトゴロシに陶酔した
あの時の情景を見失うことはない

生き続けてきた証しは
かき消されることがなく

百三十八億年前のビッグバンで生まれた
この宇宙がさらに幾度か爆発し
地球のすべての生物が消去されても
《神》への祈りに依拠することを拒否し
宇宙の時間のある限り透視していく

過ぎ去った僕の生存時間と事象が
消え去ることはなく
僕が見つづけてきた眼の奥の網膜に
焼きついている　「九条」

【戦争の放棄・戦力及び交戦権の否認】
を　誓った童子期の煌《きらめ》く刻印
人間の決意に

僕は　眼を瞑ることはない

葱を植える

照りつける夏日の昼時
しろく　か細いしなやかな冷やしそうめんを
喉越しに流し込む前に浸すつゆ
これを筑後言葉で「すめ」という

アミノ酸を基調とする黒茶色の液体に
欠かせないのが小刻みの生葱の緑と香り
老いては食欲が細り夏場の昼飯は億劫だが
「食べなきゃダメ
ほら　そうめんが冷えてるよ」
と　言われてやおら席に着く

〝「すめ」に葱がない〟と　ぼやくと
ツレはポリ袋から乾涸びた
コープ配布の葱の刻みをつまみ出し
コップの「すめ」に放り込むが味も香りもない
「生葱がほしいな」と呟く
「畑もないのに贅沢言わないの」とつれない

昨日　義兄の　七回忌法要の里帰りで貰ってきた
古新聞紙で包む泥つきの葱苗二十株ばかり
庭の片隅を小型スコップで掘り返し
熊手で掻き出したコンポストの腐食土を混ぜ
畝を作り
一株二～三本ずつを植えつける作業を終えた

何時もは座り込んだら
容易に立ち上がれない足腰
除草のときに使う
車輪つき座椅子に尻を乗せ
杖を左片手に右手と足腰を曲げ伸ばしして

這い回った

来夏には生葱が香る「すめ」に浸して
冷えたそうめんをすする
その日が来るかしら
などと思い浮かべながら

除草の前戯

座り込んだ床から
立ち上がるにはまず膝を床に着け
両手で床を突いて臀部と腰を持ち上げ
折り曲げていた右膝を半分伸ばして
上半身を中途半端に立ち上げ
歩く体制を整えるには
身辺にテーブル　簞笥　柱
ステレオのボックスまたは
できればツレがそばに居たら
その肩を支えにしてぎぎと腰を伸ばし
《ヨッコラショ‼》
と声を上げて歩行の姿勢を確保する
その時の左大腿筋の引き攣った痛みに
額に脂汗をかき

物置から電動グラインダーを持ち出し
濡れ縁に螺子《ねじ》くぎで固定し
電源コードの凸ソケットを
延長コードの凹ソケットに差し込む
スイッチ・オンで唸るグラインダー
回転やすりに三本のカナ*の刃を
押し付ける…すこし斜めに…
ジジジジジジジ……
飛び散る火花を眼鏡で阻み

新鮮な銀色の鋭い刃金が顕れ　それが
「オレが全ての雑草を掻きとってやる…」
と　確かな自信を示す

二十センチ高さの腰掛に尻を載せ
左手に杖　右手に研ぎ澄ましたカナを振るって
雨上がりに図々しく伸び始めた
二十坪足らずの庭の除草を
二時間足らずでやり終え
シャワーを浴びる

あと一《ひと》月で八十六歳の今日
これでよし

＊　除草用の鎌。

立ち枯れ

突然「危険」が画面に

うかうかしてると
一文字も打たずに×《バツ》点終了
何を隠そう使い古しのＰＣ
「Ｗｉｎｄｏｗｓ・７」
中古を買って五年以上もいじっているが
使い道はワードとネット情報だけ
鉛筆やボールペンでの手書きから離れ
漢字の字画を忘れ
というより初手から
正確な文字を覚えていなかったオレ
二十数年前にワープロやらを使いはじめ

いっぱしの現代人に紛れ込んだ気がして
そのあとにＰＣ
ネットとやら覗き始めると
なんともいい気分を味わい始めたが最近
こやつ言うことをきかなくなった
メーカー様がもうあんたのＰＣは
「保護できなくなった」と
宣言《のたま》うのだ

前触れはあった
立ち上げがのろのろで　文字変換だっていい加減
マウスポイントは吹っ飛び　ネット接続にいらい
ら

現役の若い者が
「セブンですか？」と気の毒そうに嗤うんだ
そんなら店舗に並ぶ最新型を買ってやる
とは思うのだが　殆どが十万円以上
年金暮らしでそう簡単に払える身分か？
メーカー様の商魂がオレを

立ち枯れにする

娘は「甲」や「乙」ではない

発したメッセージは
「カレラハ　ニンゲンデハナイ　イキルシカクガ
　ナイ」

実行前に衆院議長公邸に予告の手紙を提示し
園の職員を拘束するために
「ムエタイ」[*1]をやり体力をつけ
「イルミナティ」[*2]予言に取り憑かれ
「俺は選ばれた人間」と確信

二〇一六年七月二十六日未明
五本の凶器を携え津久井やまゆり園へ
…意思疎通できない人間は不幸を生み出す…
…社会のためにやらなければならない…
そう確信し　障害者十九人を殺し
他の入所者や職員二十六人を傷つけ
「オレはこれで英雄になった」とその胸で喝采
世間では「よくやった」と密かに呟く向きも
検事は、行為前に大麻を使用した経緯はあるも
「正常心理の範囲での犯行であり　違法」と認識
「卑劣で残忍な犯行　反人道　反社会的で酌量の
　余地なし」
【当人は法廷で小指を噛み切る自傷の芝居】

現代の日本人に求められているのは
「高い生産性と効率性　稼げないやつらは十把ひ
　とからげ
低賃金で使い捨てだ　目障りだ　障害者などは
　問題外」
法廷は被害者の実名を伏せて
甲（A）乙（B）などと言い換えたが
母親の一人は
「娘は甲や乙ではありません　名前は『美帆』」
【沈みゆく日本を救う鍵は、生産性に結びつか
ない価値に目を向けること……】（姜尚中）
【障害者やその家族が不安なく
落ち着いて生活できる国に……】（美帆の母
親）

＊1　格闘技の一種。
＊2　未来を予言する秘密結社。

十二月八日（二〇一九年）の日記から

「汝殺すなかれ」
聖書の言葉を信条として太平洋戦争終末期
武器を持たずに沖縄・浦添　前田高地[*1]の戦場で
負傷兵七十四人を救助し帰還した
アメリカ兵士を描く映画「ハクソー・リッジ」[*2][*3]は
二時間を越すが　見ごたえは充分

入隊時　上官に
「『人を殺を殺さない』つもりで戦場に行くのか？」
と問われて　主人公デズモンド・ドスは
「真珠湾を攻撃した日本との戦争で
負傷する戦友の命を救うために」とだけ答え
武器不携帯の看護兵として沖縄上陸戦に参加

「真珠湾」といえば　あれから七十八年
この国はあの戦争について
敗戦の八月十五日　原爆被爆した八月六日　九日は国民の胸に痛恨の日として深く刻みこまれており政権　マスコミは共に重要な日付けとするがそれらの不幸　残酷の歴史の直接の糸口となった
十二月八日は　テレビやラジオなどの主要電波媒体加えて国民の大方が忘れたようにやり過ごす

幾つかの新聞は
この日のためにそれなりのスペースを割き
その時代の事実や開戦の背景などを

生存者からの聞き取りや　様々な資料から
戦争を引き起こした理由
そして　その残酷　悲惨と
戦争に参加させるための
「国家総動員法」に基づく当時の政権の
強権戦略を書くが
最も卑近な電波媒体は殆どが無関心の態

敗戦以来七十四年のこの国は日本国憲法九条のも
と
他国との戦火を交えることなく
国民は当たり前のように過ごしてきたが

実のところ　その裏では自衛隊と称する軍隊を
軍事同盟国・米国と組んで悠々と海外で戦争する
軍隊に作り上げるための思惑を
何としても実現するために虎視眈々…

その道筋をつけるための条文を加筆する策略を廻
らす
　　…　…　…
《今日見た「ハクソー・リッジ」のような映画は
この国では先ず作られることはあるまい》
と　独り呟く

＊1　映画「ハクソー・リッジ」の場所＝沖縄・浦添南東の「前田高地」。
＊2　米国、メル・ギブソン監督、主演、アンドリュー・ガーフィールド。衛生兵、デズモンド・ドスによる実話を映画化。
＊3　この戦闘で浦添住民の四四・六パーセントが死亡した。

葬祭場

今住んでいる団地から

程近い国道三号の横断歩道を渡る
買い物やバスに乗るため　に

その交差点の角に十数年前
大げさな葬祭場ができた
入場門の脇に建っているガラス張りの看板塔に
＊＊月＊＊日
「○○家葬儀儀式場」と大書
　通夜儀式…時
　葬儀儀式…時
時には同日の葬儀が時刻をずらせて
「△△家葬儀儀式場」
　通夜儀式…時
　葬儀儀式…時　などと
達者な毛筆の通告文が掲げてある

その中には覚えのある名字をみることもあり
嗚呼　あの人が……と　呟く
そのうち「このオレも…」と

けれど
この斎場は知名度が高く規模も大きく
　費用は？　百万から？　千万に近いものも…
とも聴く
その度にオレは
「嗚呼　そんな金がどこにある？」
と自問する

ふと　今掛かってきた電話の受話器を取ると
「××斎場のご案内を申し上げます
何月何日何時からお楽しみ会も催しますので
どうかご来場を……」と

ツレは

私ら夫婦のためにかなり遠隔にある
格安斎場の予約会員になっている
《オレガシンダラ焼クダケニシテ》
と　言っているのだが

冷たい時間

冷たい時間が通り過ぎていく
なんの関わりがあるものか
ただ　しらじらとした気分が通り過ぎていく
それしかないことを熟知すれば
それが最高の時間だ

　手足が冷たい
　こころが冷たい
　懐が冷たい
　男も女も冷たい
　ボクのこころはもっと冷たい

風が冷たい
空も太陽も地球も　熱いのだが
冷たいのだ　今は「こころ」が

空調機で体温を保てる
行けるのだ　どこまでも
クルマや飛行機やクルーザーやロケットや
宇宙船で地球だけでなく未知の星までも
電気やガスがあるから部屋も明るい
風呂も洗濯もスイッチ一押し
キッチンでチンも
だけど　CO_2が増え気候変動や

核廃棄物の捨て所がない
十八世紀の第一次産業革命以来の温暖化
「気候危機」へと　そして今人類を
未知の恐怖の淵に突き落とす「コロナ」
「テレワークに備えPCの買い替えを…」と
文明の進化が追っかけて来る
「生産性だ！　経済優先だ！」
叫び声が　ぼくらの
冷たいこころと懐を震わせる

勝ち抜いた後に何が残る？
冷え冷えとした時間の彼方に
何が見える？

嗽《うがい》

六十数年前に受けた手術の痕跡は
胃切除後　噴門側の萎縮性残胃炎
縫い繋がれた食道とともに
横隔膜の上にせり上がり
内視鏡検査では
《食道裂孔（滑脱型）ヘルニア》と診断
その膨らんだ部分に食物や空気が滞留して
肺や心臓を圧迫する

左肺上部と肋骨五本を斬り取られた胸郭が
なんだか風船にでも押し上げられるようで
喉の奥が　むずむず　する
おまけに心臓までが窮屈で
そのせいでもあるまいが

脳内の記憶装置が抑圧され
今観たばかりの古い映画《ＤＶＤ》の題名[*1]や
当時の名優の芸名なんか消えうせ
〈それは認知症の証だろう〉

六月半ばの梅雨空の下
脳味噌を包む雨雲を吐き出そうと
うえつ　うわう　うえつ　うわう
なんて涙ながらに咳払いを伴って
オレの存在を嚇かしている

吐き出そうと
「水溶アズレン」[*2]を含み嗽を繰り返す
ウガ　ウガ　ウガ　息苦しさが少しでもいい
収まってくれないか

係り付け医師が
「食事は　少しずつ　ゆっくりと…」
このところ「《誤嚥性肺炎》で死んだ」
という人の記事が目に付く

＊１　近松物語。
＊２　嗽薬。

あの時の母のこと

学齢前の幼児「私」だけを伴い
父は一時期
山間の小学校の校長官舎で暮らしていたのだが

その日は
本家から訪れていた母が
山の斜面に張り付く官舎を抜け出して
多分　五歳だった「私」の手を握り締め

裏山の藪のなかを歩き始めた
有無を言わさぬ衝動的な足取りで
なんでこんな山の中を
訳も解らぬまま……

乳児期にその乳房に吸い付き
ごくごく飲みこんだ温かい母乳の喉越しを
思い出していた

そのとき尋ねたと思う
息を弾ませ　何度も
「カーチャマ　どうすると?　どこに行くと?」

けれども母は無表情　と言うか
しかし　その目は赤く血走っていた

母は　あの時
〈私を道づれに山の中で死ぬつもりだったのだ〉
と
今　思う

ふと立ち止まりこちらを向いて
血走った眼から溢れる涙で頬を濡らしていた
母はその時のことは七十二歳で死ぬまで
一言も口にしなかった

ああ、九月三日

関門トンネルの中で
車両の繋ぎ目から跳び損ねた
あの時

私は死んでいた…筈だ

あれから私は
幾度死んだだろうか
いや　死の瞬間を体験しただろうか
動く屍になった私は
どんなメロディーに乗せられて
踊ってきたのだろうか

虚空を見詰め
ただ　その時々の瞬間を呼吸し
空しく口を動かしかすれた声で
死にたくない
死にたくない
死にたくない
…………
と　呟きながら食べ物を口に運び

死なさないで
殺さないで　と
何に懇願しながら

今日　二〇二〇年年九月三日
宇宙創成後に生まれた一粒の命が
人類世界の片隅に生かされてきて
八十六歳の己を見詰めているだけ

今　私は如何なる感慨を
漏らすことができようか
妻が差しだす
バースデーケーキを食べる前に
街に生きる娘が電話の
けろっとした声

「おめでとう…幾つになった?」

「コロナにご用心‼」
なんて

突き倒す

家系を貫く虚偽　冷酷　無残
自らの隠された巨悪の仕組みと筋書きを
奴らが自ら再調査なんかするわけが無い
コロナの陰でシッポきり
魔性の巣窟が丸見えだ

…気が狂うほどの悔しさと不気味と不潔…
　夫が自殺に追い込まれた理由を
　遺書で知った妻の懊悩と苦吟

熱い血吹き出すときが来た

今こそ頭突きで立ち向かう

奴らの骨は枯枝だ
握りこぶしで腹を突け
奴は腰折り曲げて
地獄の底へ転げ落ちる

やるのだ
崩せぬ壁だとは思わない
血まみれ拳《こぶし》で叩き伏せろ
奴らの権力は仮面に過ぎぬ

生まれながらの冷酷が
奴らの骨髄に住みついており
それを隠して跋扈してきた

奴らの背骨を

突き倒す…のだ

後編

八十路《やそじ》のある朝

目を覚まし
半身を起こしてベッドから降り
立ち上がろうとすると
部屋の天井や壁や窓が右から左へ
ゆるりと回転している
足を床につけると脹脛《ふくらはぎ》が硬直し
骨盤や膝がゆらりとする
慌ててベッドの縁に腰を落とす
延々続く鬱屈の日々
頭の芯もゆらゆらする
首を左右に二、三度横に振ってみる
五体と神経のバランスが戻りかけたので
思い切って床に立ち
タンスや柱伝いで歩きトイレに向かう
脳神経が放尿を強要し
安眠を得られなかった一夜を振り返る

国や人間同士が殺し合う「戦争」
ではないが
間違いなく相手があるがそれは
姿・形も臭いも音も空気も
特別の温度さえも感じさせない
ただラジオや新聞やネットが
耳や目を通して切れ目なく伝える
地球上の不穏な情報

それに煽られるオレが
人類の一匹としてこれからも
生きていくのかそれとも
もう間もなく死ぬのが当たり前なのか
分別を遮る無窮の悪夢に囚われたまま
こともない時間を過ごす己を
思い知る

さて朝の二十分
《腰痛》《誤嚥》防止の体操だけはやるか
頚の骨が「クキ」と鳴る

お悔やみ

「母が亡くなりました」

夕食前のひと時を過ごしていると居間の電話が鳴
った

二階建て白塗りの瀟洒な家に独り住む
八十九歳の老女Mさんは
ここ数年　養護ホームに入所しており
その家の窓は常に閉じられていたのだが
今夜は幾つかの窓から明かりが漏れている
福岡市内に住む娘さん夫婦や孫たちが来ていたの
だ

娘さんの電話の声は
「母が病院で亡くなりましたのでお報せする次第
です」
「ええ？　何時《いつ》のことですか」
「一昨日です……」と言う

驚いて「今すぐお悔やみに伺います」と　応え
妻とともにご仏前と数珠を携え訪問
玄関から上がりこむとその娘さんや一族の数人の
　顔　顔
通された座敷の正面には横たわっていると思って
いた
Mさんの亡骸はなく　その遺影と遺骨箱がおかれ
　ている

「ご葬儀は」と尋ねると
「昨日　近くの葬儀社で家族葬を」という
ホームから病院へ移ったことは聴いていたが
「病院では危篤の母に逢わせてくれませんでした」
死因は「誤嚥性肺炎」だったと娘さん

ろうそくが灯され線香の煙る向こうの
遺骨と遺影に掌をあわせ
生前のお付き合いやホームでのやり取りを話し
「力を落とさず、コロナにも負けずにがんばって」
と　言って辞去した

「どうだったんだろう?」
家に帰って妻と首をかしげた
「ＰＣＲ」検査を受けていない私たちは
どうなんだろう……と

王様は幸せ者だ

覆いかぶさるそいつの姿が電子顕微鏡越しに
見えてはいるが

世界中の学者様たちがあっちこっちで
ケンケンガクガクだ
それをやっつけたり予防したりする薬は

まだ摑めねーんだって

それなのに
かの島国の王様の座にしがみついている男
誰に聞いたか
「学校を一カ月閉鎖してれば峠を越える」
と　言い放ち生徒児童を学校から
締め出したのだが

そんなあてずっぽうで収まるはずがない
実のところ王様はそいつの正体を
専門家から本気で聴いてはいなかった
広がる疫病と死人の数は日に日に増えて
果てしなく広がるばかり

世界の国々でも同じこと
人間たちはあわてふためき

見る見るうちに顔は灰色に変わり
死人の山

それでもあの島国の男は
「オレサマはやっぱり王様だ
　歴代最長の王様だ」

この騒ぎのおかげでオレサマの
沢山の嘘に蓋をされたシアワセ
ああ
オレサマは幸せ者だ

なあああ

耳打ちした黒幕

《緊急事態宣言・解除!!》

若年層は感染しても
軽くて回復が早いが

高齢者は重症化し
死亡率が高い

年金暮らしの高齢化社会では
医療と介護費用が高くつき　中には
保険で軽減される人もあるが
いずれにしろ
働かない高齢者が減るのは
国の財政にはプラスだ

コロナ後の経済　財政の再生には
好都合じゃないか　ネ？？？

厚生労働大臣君よ
ここは〔経済再生〕〔国土交通〕大臣に
コロナ問題は任せたらどうかね……

〔GoToトラベル〕キャンペーンで
ご老人たちを温泉や観光地へ誘い
大いに楽しんでもらい
感染〔トラブル〕で
思い残すことなく眠っていただいて
どう？　こんな考えは？

貴方がそうおっしゃれば
そうですね…

それでこの国の若返りに
寄与するならば……

デスネ――

われら　人類

足裏が感じ取る地鳴りの音程と
それが連続する時間も認識不能な
ある種の事象が身辺に
ざわめきと不安を惹き起こす

それは世界中の人間の心を
いやがうえにも苛立たせ
その足の進む方向も曖昧になり
だれかが何かを言い出せば
そちらの方に首を振らせ
走れ！　と叫ぶと
一斉に走り出し
止まれ！　と喚けば
ぴたりと止まったり　ずっこけたり

間もなく
引き返せ！　と
煽ればでんぐり返り
群集は将棋倒しに折り重なる
地鳴りや揺れが収まると
何事も無かったかのように周りを見渡し
残り少ない有り金をはたいて
次の儲けを企もうとする

けれども
「そうはさせない……」と　間髪入れず

地球全表面を死そのもので包み込む
ウイルスの網に包み込まれ
制御への予測も再生への道筋も見失った

全ての新聞は
前日の感染者と死者の数を書き込み
地底の怒りの前に右往左往する
われら　人類

真春の田植え機とともに

二〇二〇年
この　四月末の昼過ぎ

早々に水を張った稲田を
五～六羽の脚首の長い
真っ白な鷺《さぎ》の群れを引き連れ
かよわい早稲《わせ》苗を植えつけていく
その
孤独の田植え機を横目で見ながら
農道を歩いていると

ぐうおーんという異様な震動音が
天から降りてくる
ふと　空を見上げたが　なにも見えない

数秒後　さらに西の空を見詰めると
しろく細い一本の糸筋を引きながら
姿の見えない切っ先には
北西の山稜にむけて突き進む
目視不能の飛翔体

その異音は

人間の遺伝子に纏わりつく
初見の新型濾過性病原体の咆哮

　これ以上の春はない‼

あるべき自然への敵意と殺意をこめて
地球人類へ挑戦する怒声の反響が
真春の空を揺さぶる

振り返れば孤独の田植え機は
おとなしいエンジン音とともに
変わらぬ速度で鷺の群れを引き連れ
水を張った田の面を
畦から畦へと往復している

押し黙った春の日

四月八日の空は
どうしてこんなに暖かく明るいのか
九州の今年の冬は
霜柱も雪も霰《あられ》も見ることなく過ぎ去った

そして季節は
暖かい風が頬を撫でていくこの春へと移り
梅もサクラも菜の花も精一杯
つくしんぼうも頭を覗かせ
子供のころは蓮華田に寝転がって
ピンクの可愛い花びらを摘んで口に銜えた

けれども独り歩きながら見渡す視界には
団地や農家に住む人たちの

戸外をあるく姿は見えない　まったく
話し声さえも
空襲警報下
防空壕で怯えきった子供時代の僕たちのように
息を潜め　押し黙っていて

こんな日がこれからも幾日続くのだろうか

農家の庭の屋根を覆う
サクラの大木の枝に咲き誇る
花びらがちらちらと散る風景を見詰めながら
もうサクラの花をみるのはこれっきりでは？
なんとなくそんな予感に囚われ

そしてジャンパーのポケットから
携帯電話を取り出して
「写真を撮る」をえらんで
ぶきっちょにシャッターを押した

…カシャ…

アルバイト

家々の郵便受けに
チラシを投げ込んでいく
その男の背中から
ゆらゆらと靡くかげろうは
いつまで　も
いつまで　も
消えることなく漂う

家から家へ　角から角へ
紫色の陰影を曳きながら

十軒
二十軒
五十軒
百軒　三百軒
………

門扉の前につと立ち止まり
すぐに立ち去る
そしてまた次の家に移り
そして次の街区に移り　移り
変わらぬ足取りで歩いていく
立ち止まることもなく

配布料金は一軒一枚ごとに
三十円？　いえ　五十円？
極彩色の文字や絵が刷り込まれた
大型家電スーパーのチラシを配り
その見出しはポイント五倍の大サービス
空調機　パソコン　電気掃除機　テレビ
エトセトラ……

コロナの恐怖に怯える団地住民は
屋内に息を潜め肩寄せ合って黙り込み
静まり返った住宅街を
軒並みに伝い歩く
顔の下半分をマスクで覆った
五十代の失職した男の
アルバイト

宇宙のご機嫌

膨らんだり縮んだり

しばらく息を止めたり
ふいと上目遣いに顔をそむけて欠伸をしたり
＝百三十八億年前のビッグバンで生まれた＝と聞く

宇宙…「無冠の大王」
その図体は前かがみの姿勢でのめり込んで腹這い
ご機嫌はよいのか悪いのか
カミサマだってご存じない

その懐に包含する星屑（ごみくず？）のなかの
たったひとつの楕球体（地球）の時間の流れを
みるでもなく　みないでもなく
大王の思惑か　それとも指示か
太陽コロナの周りを決まりきった軌道を選び
動きまわる地球の表面にへばりつく
無数の有機物《生命体》

それらが明滅し瞬く光線の隙間を
通り抜けて行く《生命体》
その臭いや形や色や温度…
仮に　それらが絡まりあって
おのおの　が
内部に潜む変化や　未来への姿を夢想し
それがヒトの　【生への肯定】を具現するための
「パトス？」「ロゴス？」を持つとすれば
そのための〈エナジー〉〈メソッド〉を
獲得するかもしれない……とすれば

真実　そうであれば
その生きものたちの内部に潜む未来への変貌
その姿を求める心象風景が潜んでいるはずなのに

ヒトは　自然破壊で自らが産み出した
《病原体》の恐怖と虚無……

それらの暴発の形相に戦いている

詩集『落穂のモノローグ』（二〇二二年）抄

プロローグ

ライフ・イズ・ワンダフル

崩れ落ちていく肉体
年老いていく精神
風化していく知能

これら
客観視される自我像に
騙されてはならない

生命の源は

知ることの出来ない宇宙空間にあり
知ることの出来ないもの
〈運命〉の裁量に
委ねられている

それらの源から発する未来像を
引き出す営為こそ
生きることの証明だ
表現だ

それこそが
喩えようもなく素晴らしい
ことなのだ

Life is Wonderful

折角拾い上げたいのちを

今日も息をしながら
眠りにつけるのだからやはり
明日も何とかして……と思う

折角拾い上げたいのちを
無くしてしまうのは
悲しい

摂るに足らぬ貧しいいのちだが
明日への執着は
あの若い氷河期に培った
図々しい粘りのあらわれ
自ら仕掛けた陥穽にはまり
這い上がろうともがいていた

その虚しい抗いを
冷ややかに見下ろしている自らの
もう一つの視線に
負けたくないからだ

何ゆえに

この切なる願いは
いったいどこから
何ゆえに来るのか

しーん　と更けていく寒夜に
もの狂おしく駆け巡るこの思いは
何としても……と悲しいまでに
ひたすら思う心に呟くために

この切なる願いは闇の庭に佇み
血みどろの
汗みどろの生き様を繰り広げる吾子らの
喚声を聴かんがためにか

そは　われら
そなたらの父と母がもたらした
そなたらの心と身体の
隆々とした発育を促すための試練

「熱いうちに打て」
と　いう先人の詞どおりに
今　鋼《はがね》を鍛えずんば
もう二度と機会はない

生きる力　沸き立つ血潮の熱い今

このひとときを
吾子らが　想い出深き
佳境のひとときをなすことを
この静寂《しじま》の中で

後ろ姿は？

平凡な　普通の生活者であり得るか
それとも
〝詩人の冠を戴いてみたい〟
とでも思っているか

そのどれでもない
過食症でアル中の
ただの死に損ないが
なんとか生き残っていくだけの
どうでもよい輩であり得るか

とにかく
薄皮一枚でなんとか
この現世にぶらさがり
誰一人としてこの身を顧みはしない
背骨が歪んだ輩の独り旅の
後ろ姿であり得るか

わがままな想い

肩の力を抜いて
顎を強張らせず
目を穏やかにさせて
胸の奥に潜んでいるわがままな想いを
声に出して喋りなさい

わがままな想いを
殺してはいけません
素直に従うのです

その声が
導いていく道筋が
たとえ地獄の苦しみであっても
それが　まごうことなきあなたの自身の
いつわりのない姿であれば

ああ　それは至福の境地でありましょう
真の幸は貴方以外の
誰かの姿に似せた貴方を作ることではなく
まさに
あなた自身の声に従うことです

そのためには
あなた自身を取り囲む城壁を取り壊し
鎧兜を脱ぎ捨てて普段着の
もめんのころもを身にまとい
肩の力を抜いて目を穏やかにさせて
春の陽の輝く野道を覆う青草を踏んで
素足で歩いていくのです

本当のことがら

本当のことがらを本当に見極め
本当に対応しようとするならば
口を開かないがいい

本当のことがらを

本当に見極めることが
本当に望みであるなら
逃げないがいい

本当のことがらは
本当によく観ていると
なかなか味のある姿をしていると思う

だけれども寂しい寂しいと
自分の心に呟いているほうがいかにも
本当のことを観ているような気分になる

寂しい寂しいと呟いているだけの
赤ん坊になりたがっている

そこにはわたしが生きていく
そのことを許そうとする

世間がいるから
だけど
許す　許さない　を
本当に決めるのはだれ？

落ちる魂

地獄をみつめる
ふたつの幼ごころ

闘いの巷にまみれ
血をしたたらせ
泥に汚れ
地べたを這いずり回り
膝をすりむき

その傷に破傷風を食い込ませ
われらとともに
野辺の送りが目の前にあるにもかかわらず

疑問を内臓に膨らませながらも
ひとつひとつを嚙み潰し

解り合う他はない

吾らの生存条件
それがなければ
何の価値も見出せない

その中で生きていく
ひとつひとつのいのちのいとなみを
涙流しながら肯定しよう
涙しながら

この罪多き生業《なりわい》を
肯定しよう

怖い鏡

毎夜
眠る前に覗き込む
鏡の中の顔

蒼ざめて片目がつぶれ額は裂け
よだれと涙はごちゃ混ぜになり
垂れ流していようとも
それは間違いなく
己そのものであると確認でき
生きてきた証であることを実感しながら

ひたむきな眠りの世界をまさぐり
掻き抱いて
明日がくるのを待っていた

だが
いつのころからか
鏡の中にいる己の顔を見るのを恐れ
その中に住む
獣の覚醒をおそれ
もう鏡など見たくないと思うようになり
私などどこにいるのかわからなくなり
「それはそれでいいんだよ」
と　その顔に囁きかける

私は
錆び付いた鏡に怯え続けている
何故鏡を見るか

見るべきものはただ鏡だけか
何を見るか
それを見直す何か

それがなにかが
欠けている

眠ることの意義

不透明な〝明日〟という
新しい時間と空間へ
自分の顔にどれだけ似せた仮面を
彫り付けることができるかが

今から
眠ることの意義

トグロマク本音ノ呟キ

クダラヌ一日ガ過ギタ
マタ明日モ
コンナ一日ガ来ルノダロウカ
クダラヌ一日トイエバ
私自身ガクダラヌコトノ証明

何モ片意地張ッテ
飯ヲ食イ
糞垂レテ生キテイナケリャナラン
ト　イウ理由ハナイ

ホントニクダラン

〝ギクリ〟とした

からっぽのわたしは

コッケー
ああ　コッケー

しょんべん垂れているときとか
バスを降りてひとり歩いている時とか
ふい！　と口から漏れた自嘲の声に
「はっ」として
〝知らんぷり〟するけれど

まわりに誰かいなかったか
あたりをキョロキョロ見回す

あるとき
後ろから歩いてきた男に
「あんた脚気を病んでるの?」と
問いかけられ
わたしは
ギクリとした

「コッケーコッケー」は
「カッケ　カッケ」
と聞こえたようだ

狂う

とうとう狂った

台風がぼうぼうと吹きぬけていく
頭蓋の乾燥音
そろそろ
城明け渡す時が来たか

そのまえに
明け渡す城があるかどうかを
確かめてみるのも一興
念仏か
お題目かそれとも
アーメン?

亡失の世界から身を守る権限を
放棄してしまった

コップの冷酒にまみれた
冷や奴
どす黒い生鯨や晩飯なんかが充満している

腸たちが腹の皮を食い破って
のたうちながらはみ出してきた

湯気をたて赤紫の血管を浮き立たせ
ぐねぐねと蠢くはらわたは
熱風に焼けた砂漠の
しろい砂にまみれ

食道と肛門に繋がったままの腸たちは
訳がわからぬ方向に
口や脳や足や手たちを
引き摺っていく

ふうわりとなった胸の中で

ふうわりとふくらんだ
わたしの左の胸郭内の空間が
しだいに浮力を持ち始め
喉元に出口を求める

今朝ほどまでは
前や後ろや斜めや横から
袋に包まれた空気圧が
ぎゅうぎゅうに迫ってきて
狂ってしまうのではないか……と

他人にも顔を見られないように
頸をすぼめて歩いていたのだが

ふーっと
解き放たれ
胸だけでなく頭蓋の中も軽くなり
ふうわりとなった胸の中で

もう　身の置き所もない
脳味噌はもう眠った

堕落論

「これをやろう」あるいは
「やるべきだ」と思う僕が
そのために行動しようとすると
僕の身体がそれを
拒否する……
サボタージュする

そこに
こころの隙間がある
それが僕の一番大きな問題なのだろう

〝安全に無難に
定年まで過ごせれば……〟という
臆病の煙幕にさ迷う

この精神基盤が
「行動する必然」という
ロマンを見失い

虚学
虚無
卓越した……
と見せかけようとする
「堕落」
それが　僕の真髄に蔓延《はびこ》り
それが　詩を詠う欺瞞のエネルギーに
変質するのかもしれない

情熱を失った俗物

「統率する力がある」
などと思うな

単なる無能者なのだ
こころをからっぽにしろ
いつもからっぽだ

あるのは
収入への執着だけ
必死にしがみついている五十男の
醜い後ろ姿だけだ

風に吹かれ
雑踏にもみくちゃにされ
叫び声も上げられないで
まるで　影を失った
幽霊だ

浮雲

しろくたなびく
宙に浮かんでいる雲は
わたしを包み込んでいて
身動きもできない

浮雲は
夜叉面《やしゃめん》をかぶった深情けの老女だ

そのしわくちゃの左手に握られた
芭蕉扇を

ひとふりされると
ぼくは
ふわふわ
どこまでも押し流されていった

北風

冬の野を
ひとり歩いていく男にとって

厚い灰色の雲の群れと
あおぐろい山の稜線から
霰《あられ》を伴って吹き降りてくる北風は
遠い夢の中で知り合った死神のように
懐かしい

夏の緑から秋の色へ移り
すでに今年のいのちの終わりを告げるように
しろっぽくなり
腰を折ってゆれるススキの穂

吹きあおられる
ビニールハウスの中に収穫《と》り残された
しわだらけのトマトの赤黒い実

傍に積み上げられた稲藁の上で
――ガア――　と　一声あげ
あとは黙りこくってまわりを睥睨している
カラス一羽

はるかに見渡せる野面に向かって
一直線に降り注いでいるどす黒い吹雪の柱を
立ち止まって見ている男の胸に焼きついている

若い日の亡失の己の姿
これらの風景をそのままに
正面から殴りかかるように運んでくる
北風よ

彼は
弛緩した涙腺からこぼれ
頬を濡らす生温かいものを
袖で拭き払った

ない　明日に向けての夜は

夜
部屋のストーブが
赤い火だるまになって
私の背骨をねらっている

夜は
燃えない
弁解しようのないこの
不感症の罪人

聞こえるのは
浮浪者
この私が呟いているモノローグ
そのメロディー

金《かね》のメドがつかなきゃ
無意味な明日しかない

腐ったイメージだけが
転がっている

雨

夜になって降りしきる
縁側を覆うトタン屋根が鳴る
雨だれはポタポタ地面のくぼみを満たし
溢れ出して来た

泥水が肋骨を失った胸の中に
ゴボゴボ渦巻き
心臓と血管を伝って全身に還流する

気がつけば
いつの間にか人気《ひとけ》のない
村はずれの空き地に
私の身体は埋まっており
少しずつ土に

変わっていくところだった

それにしても

それにしても
何と平和らしい時の流れ
殺し合いの中身が変わる
現代の戦い

〝戦争〟ではない
平和・繁栄・飽食
君たちは幸福……という触れ込み

一年間にン万人が死に
ン十万人傷つく
ン十万人のくらしを破壊する

なんと便利な文明の狂乱

富と権力の欲望の狭間で挽き潰され
空から地面から染み出る殺意の前に
息がつまり
骨が腐り
肉が犯され生き血は吸い取られ

人々はもう
産むことに恐れをなし
産ませる行為を嘲笑い
その数は刻々と減る

それでも仕掛けられた享楽に踊り
唄い狂いながら
自らを抹殺していく

それにしても
何と静かで嬉々とした
亡びの道程

二月の朝の出初めの歌

とにかく
脚を動かし　口を動かし
頭を使わずに
時の流れに逆らわず
面白くもなく　かといって怒り狂うでもない
ただ　ただ　生き永らえることを
至上の願望として

朝　目覚め　寒さの中を歩き
貧しい心をおし包んで

人と人との間をすり抜けて
次の新しい夜を味わってきたのだ

際立った光り輝く情景の中に身を置く人よ
薄暗い　生ぬるい　よそよそしい揺り籠のなかの
居心地を知ることはあるまい

ともに
同じ時を刻んでいる
彼我の隔てを超え呼び交わす声は
互いの耳に届くことがあっても
血を通い合わせ掌と掌が結びあうことは
永遠にない

我よ　とにかく　朝が来て
目覚め　寒さの中を歩き
貧しい心を押し包んで

ひと　と　ひととの間をすり抜けて
今日もまた　次に来る夜のひと時を
味わうことにしよう

ありのままに

奥歯を嚙み締め
こめかみに青筋を浮き立たせるのは
やめよう

苦しいことは苦しいと
悔しいことは悔しいと
情けないことは情けないと

そして
楽しいことは楽しいよ

と　ありのままの言葉で話し合える
私自身をつくろうよ

見えないものを視た　と
聞いたこともない声を聞いた　などと
脳裏に浮かびもしない映像を
ことばで繕おうと

なにかしら
おどろ　おどろしい妄想を作り上げ
私のこころと身体を地獄の底へ
追い落としてしまいそう

ありのままの心の奥底の姿を
ありのままに保持し
言葉として
人間の言葉として再生させる
勇気を持とう

元旦……初雪

夜明けに
うっすらと降り積んだ初雪が
じっくりと湿気たたえ
泥土と枯れ草と常緑樹たちは
透明な寒気の下で
どこまでもありのままの姿を
晒している

くろぐろとした
軽トラのタイヤが刻んだ
農道の凹凸の脇の

灰色や黄色のつる草の
萎えた心細さの下から
ほんの少し覗き出している
蓬の新芽が双葉を傾げる
湿っぽい雪の重さ

水気を含む泥道は　ふと　消え
しろいコンクリートの舗装が
ながながと延びる彼方の
風もない山腹を埋める杉木立の群れは
物もいわずに寄り添い

何一つ形容することもない
そのままの風景を
わたしの網膜に透写した

渡る風

雨戸をゆすり
不安を押し売りする
裏山の木々のぞよめきが押し寄せ
我が家を揺する
ぶしつけに

今
家族みんなで食事をし
風呂を遣い　暖をとり
明日のなりわいに備える
このひととき
何の恐れも要らない筈なのに

肩を寄せ合う

小さな命たちを心もとなく
ゆさぶる

南東の山から
北西の海から
南西の空から

渡ってくる風
孤独を押し付ける
偉大なる力の
嘲笑《あざわら》い

ヒリルリー

襲いかかってくる寒気団の風圧を
やっとの想いで耐え

グオー
グオー
と　吼えながら
岩だらけの地べたにしがみついている
この月賦払いのあばら家で

食を摂り
灯りを囲み
風呂で温まり

妻や二人の子たちと共に
テレビの前でひと時を過ごす
家族たちの表情は
事も無げに穏やかだが
それぞれの胸の奥に潜む不安が
紫色にゆらめき

これから落ちていこうとする
眠りの世界を手探りしている

最後には
独りで死んで行く身のおぼつかなさを
寒夜に吹き荒れる北風の中で
唄っているその声が
きれぎれに吹き飛ばされる

ヒーッ
ヒーッ
ヒリルリー

今日の終わりに

帰宅
夜　十時
家族は夕食を済ませたところ
二科目の追試を言い渡された娘

「勉強は予定通りに終わった……」
と言う

それでも苛立たしい気分の父・オレは
モットヤレ
モットヤレ

浅ましい根性丸見えで
こどもたちは辟易

父の狭い心に追い詰められ
神経をいたぶられ
火にかけた鉄鍋の上で

「胃が痛いよ！」と十六歳の娘

頭皮がめくれ
頭蓋骨の縫い目がはずれ
迫り上がっている十二指腸にくっついた
オレの半分しかない胃袋が
べろべろとはみ出す

今日の終わりに

二月二十九日の夜　息子よ

息子よ

雨の中　寒かったか
なんでこんな夜中に
そぼ降る雨の夜道を
一人

心細い五十ccのエンジンに託して
ずぶぬれになり
走らなければならないか

何を摑みたいと思ってのことか
自虐のためか
それともアルバイトか

クルマが欲しいのか
それは
悪魔の誘いだ

魅入られたか
資本のたくらみに

生涯セールス

歩く　お願いする
買ってはくれない　頭を下げて
思いつく限りへり下った言葉を並べ
こちらに関心を引き付けようとしても
何の効果もない

名刺を出せば
何とか話に乗っては来るものの
早く切り上げて帰ってくれないか　という
相手の気分は
〝みえみえ〟
それがわかってもなんとかへばりつくのが
「セールス根性」と穿き違えている
この甘ったれ

問題は　気分なのだ　商品の中身なのだ
売れないのを　売れるようにするのが
自由経済　商品経済
売れなきゃ話にならない経済
それにしても　売る苦しみが
人間の心を撃つ詩になり得ないのは
何故だろう

グレゴール・ザムザ*だって
例外といえないのではないだろうか
それとも死を怖がっていたからか

＊　カフカの小説「変身」の主人公。

子よ

はーっ　と
胸板の扉を外してしまう
その内側に張り付いていた
悲しみは
包み隠していたカーテンを取り払われて
涙がよわよわしく光る

子よ

何故に　それほどの悲しみを包み宿して
この世に生まれ出て来たか

持って生まれたこころの傷は
二十歳《はたち》の今にしてさえ癒えることもなく
疼いている
母の手でさえも縫合されることがない
痛みを抱きながら
生きていくか

わたしの
子よ

応援歌

若い命はすでに俎板の上
僅かに幼い影を残すも
今宵はびくりともせず
夜の床に眠り
確かなリズムで呼吸する

吾子ふたり

明日に控えるたたかいの荒野へ
下腹に渦巻く有象無象を
思い残すことなく吐き出して
帰って来い

お前たちの春の前半分は
キラキラと輝いていた
そして今
その後半の入り口の扉を
力いっぱい叩こうとする
まだ幼さの見える
握り拳のいじらしさ

だが
その拳を支える骨の内を貫く
熱いいのちのエキスは
何物もおそれぬ精気に満ち
たとえ拳の皮が破れ
肉が裂け血だらけになろうとも

眼を見開き
下腹に怒りを据え
目の前に立ちはだかる壁を
力の限り撃ち破ってこい

子の批評に耐え得るか

船
転覆し
水に投げ出される
子　泳げず

それを支え自ら溺れ　死に得るか

家
燃える
子　火に囲まれ泣き叫ぶ
飛び込み　助け出せるか

銃突きつけられる子の前に
立ちはだかり
その銃弾を受けることができるか

〝親〟
と称されるこの親の
とどのつまりの心根を
裏を返して白日に晒し
子らの批評に
耐え得るか

二月、妻と二人マイカーで

連休二日目
白髪の二人はマイカーで海岸へ走り
海鳥《うみどり》を呼ぶ
金もゆとりも無い気晴らしは
身体を何処かへ動かすことで
日ごろとはどこか違った風景に身を置き
黙って頷きあうこと

「昼飯《ひるめし》はうどん」……と
大通りのうどん屋を覗くと客で満員
それなら「パン」だ……と
隣のコンビニで菓子パン五～六個を買って
再び海岸へ戻る

二月　冬の真っ只中
サーフィンに興ずる若い奴らが何人か
海鳥《うみどり》は？
いた　いた
海原のゆったりとくだける波間に
群れる鳥どもの鳴き声
何気ない足取りで近づき
パンを千切って放り投げる
二度　三度……

寄ってきた
きえつ　きえつ　きえつ
鳴き声交わしてパンをついばみ食う
くう　くう　くう
パンを千切って放る
力いっぱい　パンを放る

鳥たちは　くう　くう　くう
「変なオジンとオバンだな　オレタチって」
二人は顔を見合わせ苦笑いする

疎ましいオヤジと……《息子の独り言》

物言わぬ息子のオレの
口を開かせようとするオヤジの
弱々しいかすれ声を背にして
オレは自室に閉じこもる

二十歳《はたち》のオレが
春の寒い夜明け
〝一人で歩いて行けるさ！〟
と　ムキになり

思わず立ち上がってみると
足元には不安が漂い
動きはまだ鈍い

そんなオレ見つめながら
〝お前のオヤジの馬鹿な青春と較べれば〟
などと思っているに
違いない

オレは　今
あの
オレのオヤジが疎ましい

このところ

空を飛ぶ

ふわりふわりと
まるでグライダーを操っているように
わたしの身体が
自分の手や足の動かしかたの加減ひとつで
自由自在に
どこまでも飛んでいく

あのころ
よくみた
そんな夢を

このところ

みることがない

この暮らしの息吹を

この暮らしの息吹を
詩の声に
蘇らせ得るか

滞っていた血は流れ出し
饒舌は炎となって
怖気づいた引っ込み思案の心臓を
炙り上げる

そして
くだらない暑気や嵐に怯んで
縮こまる魂を
逞しい筋肉に鍛え上げる

この暮らしの息吹を
荒々しく歌う詩の言の葉に
蘇らせることができるか

ビリッケツ

これだけは欠かせない
一日二〜三千歩の歩行は
習慣的なノルマ
小高い山並みと団地の間に広がる稲田の道は
静かであつらえ向きのコースを
杖を右手に歩く

たまに行き交う彼　彼女らは

顔見知りも未見の人も
その歩速はわたしの足どりのほぼ二倍
迫る足音に振り向いて　目を合わせ
「チワー」と小声を交わす

出会う人の姿は見る見る遠ざかり
私はひとり
杖を頼りにヨタヨタと足を動かす

そして
路上に独り取り残されてさ迷う己の姿が
情け容赦もなく脳裏に映る

国民学校時代
運動会で大嫌いだった徒歩競走では
いつもビリッケツ
《時たまビリから二番目だったことも》

お弁当持参の母も見ていた時の
あの寂しさと悲しさが
しみじみと蘇る

Mはさり気なく逝った

〝突然のお知らせをお許しくださいませ
父　M　は九月七日永眠いたしました〟

秋　最中《さなか》のある日
次女「EMI」との　署名だけ
住所　電話も無記載のはがきが届いた
その『父』とは　六十八年も遡る時の彼方
崩折れた私の青春の一時期を支えた旧友
この　胸奥から消えることがないM

彼は　さり気なく逝ったのだ

彼に次女がいたかは知らなかったが
彼の娘という女性には一度見《まみ》えた記憶がある
その彼女が長女か或いは次女だったのか……
次女と称する「ＥＭＩ」は父の死を
「母のもとへの静かな旅立ちは
本望であったと思います……」と記す

一九九五年一月十七日
起床前の午前五時四十六分
「阪神淡路大震災」が神戸市の彼の自宅を襲い
二階寝室のフロアーは一瞬にして落下
一階の台所で朝餉の支度をしていた
妻＝カズコは崩れ落ちた梁や天井の下敷きに……
彼はこと切れる妻の最期の姿を呆然と
ただ見詰め続けるばかりだった……と

一昨年（二〇一九）春に
「うきは市」に独居するM宅を訪れて以後は
電話で交した寸刻の会話のみ
「もう一度訪ねたい……」と思いつつ
果たさなかった悔しさ　切なさ

Mの長女「ＫＵＭＩ」が
母「和子」の書道　水墨画
デッサンなどの作品を撮影し編集した写真集
[Kazuko Makino : The Last Work] を
送ってくれていた
それは今　私の書架にある

朽ちた巨木の切り株

息を絶たれた巨木の切り株を
ステッキで突いたら
ぼろぼろ壊れた

この地に住み着いて二十何年余
朝夕歩行の道路脇の
嘗ては樹木や雑木林だった山の斜面に
そそり立っていた一本の巨木
この山の買い主が
自らの素手で斧やのこぎりで斬り刻み
斬り倒されたこの巨木の根元の
径一メートル近い切り株の
その横腹から何本もの
細い新芽が伸びていた

瑞々しい可憐な新芽や若葉は
樹齢百年を越す命を永らえただろう
巨木の根株に残されていた命の樹液
切り倒された親木の下腹に残る
僅かな体液をむさぼるように吸いながら
青空に向け
新しい樹木の再生へと
夢を見続けていたが

この土地の持ち主は
再生を夢見て噴き出す瑞々しい新芽を
片端から切り払った

再び生き延びようとする
この樹木の再生への夢は絶たれ
今は腐蝕し土へと還る亡骸が

私の日ごろの歩行の道端に
くろぐろと朽ち果てた
様態を晒している

四十四回目の八月十五日
一九八九年八月十五日の著者の日記から

「四人の幼女を殺した」と自供した
幼児殺害犯人

「人間じゃない」と
世間では口を極めたけれど
その同じ台詞を「あの方」に向けて
言えるかしら

あの方の口から
日本人三百万人含めアジアの人々二千万人以上が
死なされているという戦争の糸口が
開かれたのだ

尤も
あれは人間ではなかったことは事実だろう
なにしろ「現人神《あらひとがみ》」と言っていたのだから
人間じゃねーおめーさんて奴は
叩ききってやる……なんて台詞も
似合いやしねーよ

《軍隊》
軍曹　伍長　兵長たちまで戦犯に仕立てて
彼らの口から戦時下の彼らの行為を
自己批判させるテレビ

その同じ局のテレビカメラが

終戦以来既に四十四年
国民のたゆみない努力で築き上げた
今日の平和と繁栄の中にあって
苦難に満ちた往時のシーンを流す

なんという
しらじらしさ

ある一日の始まり

明け方の夢の中のあの瞬間の
愚劣で恥ずべき情景と自画像が脳裏に焼きつき
鬱屈した衝動が呻きとなって
ふと口から飛び出した

「シ　ガ　スベテ」

二月初旬　まだ暗い部屋
雨戸の隙間から朝の光は差し込まない
枕元の時計は六時だ

うっすらと夢から離れ
目を覚ましかけた床の中ではっきりと
自身に言い聞かせたつもりだったのだが

それが生《なま》の声となって部屋中に漂い
横のベッドで目覚めかけている妻の耳にも届き
私からのメッセージとして伝わったようだ

ベッドがきしみ
妻が寝返りを打ったのが何よりの証拠

だが

〝それはあるまい〟
と　高をくくって目をつぶっているうちに
本物の朝の光と戸外のかすかなざわめきが
しのびよってきて私は起き上がった

パジャマを脱ぎ　散歩のための装いを整えている
　私に
妻が「寝言を言っていたよ
『死がすべて』って……」

無言で答えた私の右の脇腹に大きな穴が開き
額の骨がパクリと破れ
その中から赤い生温かい風船が浮かび上がった

八十六歳の
さり気ない一日の始まりだ

くしゃみ

十月初旬の目覚め
思いのほか冷え込んでいる朝
ベッドを降り　閉じていた雨戸を開け放ち
思わずくしゃみする

〝ハークショイ！〟
〝ハークショイ！〟

既に目覚めている隣のベッドのツレが

ショイ　じゃない
ション　でしょう

と呟く

単なるクシャミにその都度にケチを付けるのだ
〝ハークショイ〟だろうが
〝ハークション〟だろうが
〝関係ない！〟
と　俺は怒鳴り返そうとしたが

面倒だから知らぬ振りして起き上がり
ベッドから夏布団やタオルケットを跳ね除けて
「腰痛予防体操」と
「誤嚥防止体操」を始めた

八十二歳の彼女は起き上がり居間で
スイッチを入れてラジオ体操を始めている

こんなことで
八十七歳の俺の今日一日が始まる

詩集『八十路《やそじ》をうたう』（二〇二三年）全篇

*

二〇二二年八月十四日の日記から

七十七年前の今日
一九四五年八月十四日　夏の昼ごろ
ラジオが
「明日は重大放送がありますので
かならずラジオの前で
正座してください……」と
こんな放送をしたと思う

当時国民学校五年の私の記憶はやや不確かだが

何日か前にヒロシマとナガサキに
「マッチ箱一つで戦艦を三千メートルも
　吹っ飛ばす新型爆弾が落とされた」
という噂が
どこからともなく流れた翌日の
「八月十五日」正午ごろ
〝空襲〟〝警戒〟など警報のサイレンもなく
ふと時間が止まったようなひと時

チンフカクセカイノタイセイト
テイコクノゲンジョウトニカンガミ
ヒジョウノソチヲモッテ
ジキョクヲシュウシュウセムトホッシ
……

太い竹筒に口も鼻も突っ込んで喋る
鼻に掛かったような音声がラジオから
流れてきたことをはっきりと記憶する

当時　周辺の家で
ラジオを備える家は多くなかったため
近所の大人たちが座ってこの声を聞いていたが
特に感想を言うこともなく黙って帰っていった

しかしその日の夕刻
母が北の空を指差して
「ああ　戦争が終わった　勝った　勝った……」と
大声で叫んでいたのだ
その方角の空を見上げると
太刀洗飛行場から飛び立った
複葉（二枚翼《ばね》）練習機「赤とんぼ」数機が
左右の翼を上下に大きく振りながら
低空でこちらに向かって翔んでくるのを見て
「飛行士が戦勝の喜びを顕している」とでも

母は思ったのだろう……

今思えば空襲警報下で慄《おのの》いてきた
あの戦争が終わったことが一番で
母は「勝ったか」「負けたか」は
問題外だったのかもしれない

夏休みが終わった後の九月二日
二学期の始業式の後
組主任の水城先生は

黒板に
「封建主義」
「民主主義」と
大きく白墨で書いて
戦争が終わった意味を教えてくれた

そして
まもなく「修身」「国語」などの
教科書の各所に
習字の時に使う硯石に墨をすり
筆であちらこちらにべったりと
真っ黒に塗りつけた

転ぶ

久しぶりの春の暖気に誘われ　例のコースを
両手に杖をつきとぼとぼ歩いている
ノルディックポール・ウォーキング*

田植えが近まれば稲田の灌漑用水溝の土手に
濃い緑の葉と茎の先端に鮮やかな紫の

小花をつけた野草の群生
菫とも露草とも思えない
何処かしぶとい雰囲気
その名称や種類を植物図鑑で調べてみようと
二本の杖を両手首に固定したまま
膝を曲げ屈み込み　ポケットから
ガラケーをつまみ出し「写真を撮る」を選び
カメラを草花に近づけると
不意に身体のバランスを失い前にのめり
地べたに寝そべってしまった

大の男がなんとも無様な格好で
公道に寝転んでいるか……と恥ずかしく
慌ててガラケーをポケットに押し込み
杖を路面に突きたて起き上がろうとしたが
なんと　己の体重を持ち上げきれずに
道端でもがくばかりの
悪戦苦闘していると

間もなく後方に止まった車から
人が近寄って来て「大丈夫ですか……」と
女性が声かけてくる……そして
「貴方も早く来て起こしてあげて」と
車の中に呼びかけている
男性が出てきて二人は
私の両肩を支え立ち上がらせてくれた

へたりこんでいる私は
「アリガトウ　アリガトウ」と
叫ぶばかり

＊　左右両手に杖を一本ずつ握って歩く。

「俊太郎」と「龍太郎」

初夏の風を孕む四月末のある日
散歩の途中ふと顔をあげると
道路右側のコンクリート擁壁に守られた
二階建て家屋の庭に立っている
五～六メートルのポールが三本

その中の一本には二尾の鯉が吹き流しとともに
緩やかな風を受けて泳いでおり
その隣に　はためいている二竿の幟旗《のぼりばた》には
それぞれ
「俊太郎」
「龍太郎」
と　二人の名前が墨染めで大書してある

今　五百余戸のこの住宅団地には
鯉幟を揚げている家は殆ど見当たらない
三十年ほど前にこの団地に住み着いた当時
二～三年間は小学生の登・下校の姿を見守り
立ち番をしていた頃この町内には
三～四十名ほどの学童を数えていたように思うが
今は町内の公園やグラウンドで戯れる
こどもの姿を見るのはマレ
この校区の小学校では一学年二クラスだったが
今は一クラスになっている学年も

自宅周辺を見回せば
道を挟んだ西隣には老母の死後
五十代？　の独身男性が一人
裏側には両親が死後の空き家に出戻り娘が一人
前は八十過ぎの老婆が一昨年死後は空き家
東隣には老婆と孫娘の二人が住んでいる

共に八十路の我が家とて似たようなもの
福岡と北九州の中間の田園に囲まれた
住宅団地で構成するこの都市・宗像は
今後市人口十万超は望むべくもなさそう

あの夢膨らむ幟旗の
「俊太郎」「龍太郎」君を育てる
ご一家には未だに面識の機会はなく
想像すれば二人のお子は
双生児《ふたご》ではないかしら？……と

いつの日か　あの子達のご両親に
まみえる時あらば
是非それをお尋ねしたい
そして　その二人のお子たちの明るく
豊かな未来を祈願する

「その想い」を
お伝えしたいものだ

私は　うたっている

少年時代のこと

女学校時代に覚えた
「ローレライ」を炊事場でハミングする母に
大百姓だった八十路の祖母《ばば》しゃまは
顔を顰めた
祖母の歌は「浪花節」か「軍歌」だった

国民学校一年生の時
放課後女先生がボクに「学芸会で歌って」と勧め
「♪デタデタ月が……」と　練習のため

放課後の講堂の演壇に独り立って
ピアノの伴奏に合わせ歌い始めると
髭の教頭先生に怖い眼で睨まれ
声が出なくなった
（大東亜戦争）が激化　拡大していた時代

戦争の少年期から高卒後の青年期
「俺は声を鍛えて歌をうたうのだ」と意を固め
早朝の新聞配達　燃料店員　紙卸店員をやり
その間月一回通ったF教大教授の歌唱レッスン
そしてH大音楽科に入学三カ月後に
学生寮で喀血し
帰郷の列車からは跳び降りも出来ず
帰宅時の父　母の落胆した顔を忘れない

『生きる意味はない』と呟きながら
布団に横たわり家族に見守られ二年余り

悶々の想いをノートに刻み始め　それらは
いつの間にか「詩？」と思えるものに変異
月刊療養雑誌の詩・文芸欄のトップに掲載された
この日「詩で己の想いを《うたう》のだ」と……
その後兄嫁が看護師を勧める大病院に入院し
左肺上葉と肋骨五本を切り取られたが
残すのだ
「心の歌……詩を！」

床離れして約六十年
新・自由主義経済社会の荒海を
ミシン販売を二年　さらに
繊維衣料品業界新聞で取材、記事執筆
広告勧誘　部数拡販などで
三十四年

六十歳定年後も日記の中に詩を書き

「福岡詩人会議・筑紫野」「詩と思想」などの
同人や合評会「はてなの会」の仲間とともに
詩を「うたう」時を刻んできた
今　八十七歳　声は減んだが

私は
詩をうたっている

ありありと思い浮かべる

すでにあの世へ逝った
父　母　兄弟や姉たちはあの世から
今　この私をだまって見ているのだろうか

四十二年前のあの頃の日々
私は　他郷で仕事に振り回されていたころ
子宮や肺をがんに侵され
久留米大学病院に入院中の母を
妻を伴い何年ぶりかで見舞った時

「あんたは　あたしがここにおることを
忘れちゃならんバイ」と言った時の
あの厳しい顔を忘れてはいない

その後母が七十二歳で死期に入り
末期療養のために転院していた太刀洗病院へ行き
見舞いのつもりで差し出した
瓶詰めのアルコール漬け雲丹を一口舐めた母が

「しみる……　舌《べろ》がヒリヒリする……」

と　顔をしかめて情けない顔をした
母の口中は炎症し爛れ果てていたのだ

このことを後日
「ああ　何故獲れたての生雲丹にしなかったか…
…」
と己を悔いた

母の臨終の直後　胸部を解剖した執刀医に
がんに侵された灰色の肺腑の切片を見せられた
母の病状をつまびらかに理解していなかった
そのころの己の未熟を
ありありと思い浮かべる
米寿を超えた今……

不安と無情……線状降水帯

今夏
列島全域にわたり各地で頻発する
「線状降水帯」下の地域の豪雨情報は
一九五三年（昭和二十八年）の
筑後川（別名・筑紫次郎）大水害の
記憶を呼び起こす

阿蘇山麓・九重山系を水源として
大分・日田などの山地の上流から
福岡県の筑前　筑後　久留米や柳川を貫き
有明海に注ぐ九州最大の大河・筑紫次郎の流域で
は
あの年六月下旬の降雨量は二～三日で七～八百ミ
リ
盛り上がる筑後川の濁流は堤防を
見る間に超え溢れ　各所を寸断し
九州最大の穀倉地帯筑紫平野を
茶色の海に変え

筑後の我が家では畳を机やテーブルの上に積み上
げ
家族みんなで濁流が溢れ始める水田の細道を走り
小高い地区にある小学校に避難した
当時　音楽教師だった次兄が
洪水に脅える家族の気分を癒すつもりか
母校の講堂に置いてあるオルガンを
がんがん弾いていた

水が退いて家に帰り

父の先代が養蚕部屋に使っていた座敷の床下の
暖炉孔に流れ込んだアド*を
掻き出していた長兄を
当時私は胃潰瘍で胃を斬り取られ
痩せこけて生きる行方《ゆくえ》を見失い
ただ見ているだけの十九歳の自分の
哀れだった姿を
今　寒々と思い出す

*　アド＝濁流が残したドロ。

征伐

♪天に代わりて不義を打つ……
♪敵は幾万ありとても……
♪勝ってくるぞと勇ましく……

子供の時期に歌わされた幾多の軍歌
思えば吐き気を催す歌詞を
ふと口にすると今　生きている己への嫌悪が
全身の血管を凍結させ直ぐにもこの老い果てた身

を
死体焼却炉へ投げ込まれそう
（こんな歌詞を作った奴はいったい誰？）

数日前にラジオが佐賀県唐津市の
名護屋城址に絡むエピソードを朗らかに喋る
豊臣秀吉が朝鮮半島を我がものにしようと
一五九八年　佐賀・唐津に築城した名護屋城に
全国の大名と武士を招集して船団を組み
朝鮮半島に乗り込んだが激しい抵抗に遭い撤退
この「朝鮮征伐」の敗北は同政権崩壊の一因となった

「征伐」といえば、日本古代史に於いても
九州征伐　蝦夷征伐　奥州征伐……

「征伐」とは
己は正義　かつ強者で相手は悪の弱者と決めつけ
当時の政権が天皇「朝廷」の権威を旗印として
アジア大陸と周辺の近隣島嶼の国土と人間を
己に従属させようと狙ったものだ

ああ　あの「プーチン」だけではない

今　わが国の権力者の精神構造の中にも
米国と共に核兵器を共有し
他国を攻めようとする行為を
「征伐」との語彙で合理化しようとするか

骸骨男

頭蓋は見えるが内にあるべき「みそ」がない
「みそ」とは《味》のこと

「こと」と「こと」を繋げる人間の
知・情・意が通う管がないのでは
美しいとか　悲しい　汚い　恐ろしい
可哀想とか　嬉しいとか……ふっと涙ぐむ
こころの余白　あんただけの気持ちや詞《ことば》を
初手から持っていなかったのでは……
というより　剝ぎ取られたのだ
《あの世界》に住んでいる間に

田舎の農家さんの息子で
小学・中学から高校　そして大学
青春の血の通った理想や情念を剝ぎ捨て
永年仕えたあの男の血脈を受け継ぎ
「金と権力の濁流」に腐ったドブ河を
無我夢中で泳ぐうちに
あの血まみれの歴史を

「戦後生まれだから知りません……」
なんて平気で言える男になり
ああ　独自の論理と情念を放棄し
(初手からなかった?)
陰の黒幕の顔色ばかりを気にする
骸骨だけの悲惨なカラッポ
操り人形になったのだろう……か

コロナ危機から身を翻し息を潜めている
昨日まであんたがお仕えしてきたあの男
……今はもうあの世の人となった……あの男が
あの頃はほくそ笑んでいたのが
見えなかったか

「醜態」

まさか……手製の銃が放った一発
いや　二発目の銃弾が
巨悪・重厚な遮蔽幕を引っ剝がし
予想不能の肉厚な壁に覗き窓を穿ち
内側の欺瞞をさらけ出す引き金になろうとは

君が自らの手で銃を制作しそれを操作する
そのために必要な情報と部品や技術
銃身・撃鉄・着火などの系統を独自に学び
己の手で操作し完成するまでの過程における
その「懊悩」……神経と肉体の痙攣を
私は想像することができない

過去六十数年来
この国の政権の深奥に根付き流動し続けた
虚偽と欺瞞の汚濁に塗れたまつりごとの
そのしらじらとしたまやかしの教理を
《信仰の自由》との国法に仮託した
霊感商法などの詐欺行為が進行する中で

事も無げに時を過ごしてきた
欺瞞の内幕がこじ開けられ
想像外の真実の姿が暴きだされてきた
今　隠し様のない伝来の自らの虚像の
構造的矛盾に戸惑う政権が
この「醜態」を晒すこととなった現状に
瞼を開いたり閉じたりパチパチさせながら
逃げ道を手探りしている

リズムを変える

その日の空模様や気温が
体調にマッチしそうな時刻を見計らい
農道や団地内を歩くのが
ここ二十数年来の習い

青年期以来　度重なる病で
胃　腸　肺　肋骨　胆嚢などの
一部分を切除後
後期高齢迎え前立腺がんに罹患
残存機能と体調維持のための歩行は不可欠

当初は日に一万歩ぐらいは平気だったが
八十代も後半に向かい急激にペースダウン
今　一回の歩行数は二〜三千歩

距離的には千数百メートル余り
転倒予防のために両手に杖を持ち
ノルディックポール・ウォーキング

その時刻は春・秋は夕食前
冬は午後の寒気が緩むタイミングを狙う
但し夏は夕刻・日没後のころ

ところが　今夏は異常高気温の連続
日没後でも三十五度を越え　歩行途中は
息切れや胸苦しく　鼻腔はむき出しのマスク
簡単に歩行を止めるわけにはゆかぬ
それなら夜明け前の朝の散歩はどうだ
五時半起床　ひんやり涼しい夜明けの農道

ところが歩行時間帯の変更は
一日の行動計画を予想外に狂わせる

生理と情念の急変した一日のリズムを
整えるのは簡単ではない
永年の夜更かし　朝寝坊習慣への反逆は
鉄の壁

コロナ禍の今夏の後半を
新たなリズムで
乗り切れるか……

恐怖の時間が遅々として

下腹だけが膨れ
ベルトもまともに締められず
パンツのゴム紐さえ窮屈な日常
腹が減ったとの感覚がない
食欲もないが何か食わないと

八十路の僅かに残る時間の
日常の暮らしが成り立たぬ

下腹だけが膨らむその膨満感以外は
特に痛みや下痢などの症状はなく
殆ど気にすることはなかったが
主治医にこの下腹を見せると
「『エコー』検査*をしましょう」
と、何気なく言われ
その期日と時刻のメモ紙を渡された

数十年前に総合病院での検査で
「肝臓に蔭がある」と言われ
動く診察台に載せられ
上向き　下向き　横向き　斜め向き
小一時間も肝臓のその部分を見詰められ
結果は「血管腫」と診断

その後は幾つかの病気を経たが
「血管腫」による病変は見られず
今回の「『エコー』検査」の通告は
前立腺がんの転移を疑ってのことか？

ここ数年
前立腺がんの増殖予防のため
定期的にホルモン注射を打っているが
この気になる『エコー検査』までの時間を
如何なる過ごし方で生きるか

恐怖の時間が
遅々として流れる

＊　超音波検査。

未練

下腹の膨らみが気になるこのごろ
「エコー検査」の結果
たとえば……前立腺がんが肝臓に転移した……
と告げられたとして

「このあと僕はどうなるのでしょうか……」
と　検査後の主治医に問いかけたとすると
「貴方次第だ」と言われるだろうが
私のこの先はどうなるのか見当がつきません
私は肉親の兄弟姉妹六人のなかで
今生きているのは八十八歳の私一人なのです
だから　私がこれからどう生きていけばいいのか
正直に喋ってくれる者がいたら
案外気分は落ち着くのかも知れないのですが

それを求めるのは的外れの
単なる妄執に過ぎないことは解ります
けれどもこんな不確かなことを
うじゃうじゃ考えるのは
やはり生きているこころの震えなのでしょうね

それはそれで
間違ったことでもなさそうなのですが
この「うじゃうじゃ考える」ことについて
罪の意識は持てないのです
ただ分別がつかないのは
息をし　食べ　排泄を続けている
この肉体への寄り懸り
それが「まだ生きていたい……」と何物かに縋り
　つく

単なる
「未練」でしょう……ね

夢

山の裾野を切り開いたような赤茶けた空き地で
子ども達にソフトボールのシートノックで
捕球の稽古をつけている若い男
それは　まるで球がバットに当らず下手糞に見え
　たので
「私が交替してやろう」とバットを受けとり
やり始めたが　これがまたまったく球に当らない
?・?・?・?・?・?・?・?・?・?・?・?・?・?

情景は飛ぶ

林の中を動物が走りまわっている　羊？　豚？
　猪？
よく見るとその中に
「豹」と思われる薄茶色をした奴がうろうろ
そいつが特に凶暴という感じではなく
目を細めていつの間にか私の傍に擦り寄って来て
　いる
騒いだら危ないと思い知らぬ振りしながら
遠ざかろうと歩き始めると
ぴったりとくっついて一緒に歩いてくる

恐ろしいのでちらとそいつを盗み見ると
瞳孔を細め相変わらずこちらを見詰めている
離れようとするほどに擦り寄ってくる
わたしの手を舐めようとさえする
しかたがないので

どこまでも　どこまでも田んぼの中の道を歩く

？？？？？？？？？？？

いつの間にか田舎の高校の同級生が連れとなって
町の中を一緒に歩いている
どんどん歩いている

？？？？《夢》？？？？

教えて
これはどんな意味を持つか？
フロイトさん

＊

なぜ

なぜ
詩をつくろうとするか
拡散した魂をなんとか
ひとまとめに括ろうとするためか
でないならば
生きる意味と足場をみつけだすためか
明日という時間の流れの行方が見えず
茫漠とした宇宙にすがりつくための
ブイ*を
投げ与えてもらうためか
ああ　なま煮えの魂を持て余している
わたしよ
生か　さもなくば
詩？．？．を

＊　ブイ（ｂｕｏｙ）＝浮き輪・浮標。

隠れている「ことば」

泉の底の腐葉粘土に包まれ
根源に人知れぬ苦悩を秘めながら
水面には初夏の陽光を浴び
瑞々しい薄紅を添える
あでやかな蓮の花弁
池端の道を辿る人々へ

何気ない清澄な美意識を誘う

水面に伸び上がるしぶとい茎の
先端に広がる濃緑の広い葉群《はむれ》
それらの合間を飾る
あでやかな花びらは粘土状の地層に
逞しく根を張る地下茎
「蓮根」
幾つもの管を囲う分厚い果肉

泥水にまみれて掘り上げ
汚れを洗い落としすぱりと裁断すれば
マグネシウム　カリウム　鉄
蛋白など十幾つもの栄養素を孕み

村人たちが冠婚葬祭に集い
深い悲嘆や喜悦を語り合う座席の
食膳の煮〆には欠かせない食材

口に入れコクッと噛めば
「うん」と納得する歯ごたえと
安心できる舌触りや
素朴な味が広がり
座に集う人々を納得させる
この　蓮根独特の食感

そこには口では言い表せぬ
静かな安堵の「ことば」が
隠れている

時間の流れを監視せよ

流れるものは生き物の感覚を刺激し

人《生きもの》はそれを感受し認識し反応する

その時間の流れが発する
その速度と圧力や数値
その音韻・温度
その肌触り
その臭いや味わい

人は
その時間の流れが誘発する情念と思惟に戸惑い
己の生存との関り　その意味を知得・認識し
それらが己に如何なる影響をもたらすかを
直感的かつ客観的に判断しようとする

空気　水　光　熱　音　情報……等々
己が存在する地球《宇宙》環境　人類社会の変化
それらの流れや移り行きが
己に如何なる意味を持つか

刻々と流れる時間が己・人類に対して
感覚的かつ客観的な如何なる影響をもたらすかを
直ちに理解し対応する能力を発揮できるか
？？？「一寸先は闇」

それらを確実に敏感に予知し己との関係において
それらが富をむさぼるストックホルダー＊の
欲望と卑しい精神構造を監視せよ
デジタル化・マイナ・カード社会の目視不能の
時間の流れの中の事実を見逃すことなく
監視せよ

＊Ｓｔｏｃｋ　ｈｏｌｄｅｒ＝株主最優先主義者

死界への道　（迷い込んだ洞窟の中の歌）

泣きぬれる
笑いこける
怒り狂う
悲しみ恨み喜びや
感激と怨恨の情念も失って

未知の空間を
ただ一人さ迷い続ける
呼吸も声もない
虚空のあがき

血流も体温も失ってしまった
この亡骸は
何一つ音がないその方角に

声なく問いかける
行き詰まった魂の彷徨
何することも求めることはない

ただ
ああ

あんなに拒み続けてきた
〝神〟の
空無のひざに縋りつく虚しさ
その必然の運命？
絶望も混乱も何もない……

そこに至る道筋が
どれほど苦しいか
またどれほど嬉しいか
涙が出るほどの感動を

感受することが出来ないか

沈黙＝世渡り術としての……

口は何のために動かすのだろう

上唇と下唇をひっつけたり離したり
舌を伸ばしたり縮めたり
顎をかみ合わせたり離したり
歯を出したり隠したり
息を出したり吸ったりして
声帯を震わせる

つまりもの言う
ということは
私にとってどんな意味をもつのだろう

もの言うということは
私の命を削りとること以外に
どんな意味も無いのではないか

言葉・「ことば」など
小人《しょうじん》　愚人《ぐじん》が操るものではないのだ

沈黙せよ
そして自らの脳裏に踊り出す
卑しい奴隷を
殺せ

忘れられて

脳幹を掻き毟る今日一日の言動は

根深い痛みを伴いつつ乾燥し
カラカラと鳴り続けるだけの
瘡蓋を残す

もう取り戻す時間もチャンスも
めぐってこない
その乾いた瘡蓋は
この命が尽きればさらに
他者の脳裏と口の端にのぼり
終生の慰みのネタとして
あざ嗤いを招き続けることだろう

もう
誰の援助も弁解も不要
眼をつぶり
耳に蓋をし
皮膚の感触を抹殺しながら
死の刻を待つほかはない

弁解はなし
慰めもなし
援護や助言もなく
死んだ後まで嗤いの対象として
軽蔑され
何時の日か
忘れられてしまうのだ

米寿を前に

米寿を前に
暗い底の見えない穴を覗いている
現世《うつしよ》の縁《えにし》に縋りついて落ちていく自分を

支えるものは何もない
落ちるのだ
そして
その穴の底に落ちつくには
どれだけの時間を要するかが気になる

まったく見えない穴の中へと
猛スピードで落ちてゆく距離や
その瞬間の風景は
どんなものか
途中でなにかにひっかかったりするか

いや
そんなことはありえない
その時間帯の景色などを感じ取る神経など
どこにもないのだ

そして
この命の実態が消滅していく場所など
どこにも見えないのだ
ベッドに横たわり眠りについても
脳裏のどこかが覚めているのか
どうか……も　解らない

後で思い出すこともないのに
必死に何かにつかまらなければ……と
手探りする自分の意識を失わないように
奥歯をかみ締めながら瞑目し

ただ　生きようと
妄想するだけなのだ

冷たい時間

冷たい時間が通り過ぎていく
なんの関りがあるものか
ただ　しらじらとした気分が通り過ぎていく
それしかないことを察知すれば
それが唯一の時間だ

手足が冷たい
心が冷たい
懐が冷たい
男も女も冷たい
風が冷たい
地球も空も太陽も冷たい
もっと冷たいのは　今
僕の「こころ」が

空調機で体温を保てる
電気やガスがあるから部屋も明るい
風呂も洗濯もキッチンもスイッチ一押し
行けるのだ　どこまでもクルマや飛行機や
クルーザーやロケットや宇宙船で
地球だけでなく未知の星までも

だけど　CO_2が地球を蓋い
平均気温の上昇による気候変動や
核廃棄物の捨て所がない
十八世紀第一次産業革命以来の温暖化……
「気候変動」へと　そして今
人類を未知の恐怖の淵に突き落とす「コロナ」
「デジタル時代に備えケータイやスマホや
ＰＣの買い替えを」

「生産性だ！　経済優先だ……」との叫び声が
ぼくの冷たいこころと懐を震わせる

勝ち抜いた後に何が残る？
冷え冷えとした時間の彼方に
何が見える？……

エッセイ

愚かな少年期

九十歳を目前にしての、これまでに生きてきた、あまりにも長い過去の時間の連なり、広く、複雑に、そして予想外な動きを見せる世界に対して、それと向き合ってきた自身の姿勢や、社会における己の位置づけは、如何なるものだったかと振り返ってみれば、万感胸に迫るものがある。

さらに、これからの人生をどのように過ごしていくか？　と、目を閉じれば、残された時間は多くはなく、その答えは、あまりにも明らかではないかとの、心の内からの声が聞こえる気もする……。

後年、「詩」という領域に踏み入るなどとは、夢にも想像しなかった子ども時代。

私は腺病質で、病気がちな幼少期を過ごした。記憶の中の私は、体調をくずして気分のすぐれない日々の中にいる。発熱や腹痛による毎度の病院通い。

布団に横たわり、俯せになって、心のなかは、もやもやするばかり。排尿も布団のなかという、垂れ流しの状態が続いたこともあった。

どれだけ周りに、心配と迷惑をかけたことだろう。父、母、兄、姉、弟……あのころ親身になって介抱をしてくれた肉親が、いまはもうこの世には一人もいない。

ひたすら申し訳なく、夢に出てくる肉親たちに話しかけている自分に気づくことがある。

中学校（当時は新制中学）に入った前後のことだった。小学校の校長を辞めていた父は、祖母から受け継いだ畑の仕事が、高齢のせいで思うようにできなくなっていた。そのため、大人でも大変な仕事が、十四、五歳ごろの私に回ってきた。私はその畑仕事がイヤでイヤで、ある日、とうとうがまんできなくなり、はげしい言葉を父にぶつけていた。「僕は奴隷じゃないよ！」。

そのとき父は私を叱ったのか、それとも悲しんだか……。年端もいかない私は、思い至らなかった。四歳上の次兄は、遠隔地にある旧制中学校から学芸大（現福教大）に在学中だった。そして四歳下の弟は、畑仕事を手伝うには幼すぎた。父は私に頼るしかなかったのだ。

昭和二十四（一九四九）年四月、私は新制高校一年に入学し、やっと父から解放されたという気分にひたっていた。

「おれは若者だ！」と胸の中で叫びながら、新しい環境の中、社会や政治や哲学について聞きかじり、あたかも分かったような顔や口ぶりで、新しい校友たちと議論を交わすようになった。

時代は大きなうねりを迎えていた。そして、私の心と身体も、少年期から青年期へと、大きく変貌する季節を迎えていた。

昭和二十（一九四五）年の敗戦は、日本の社会を根底から変え、「民主主義」思想をもたらした。と同時に、東西冷戦という、世界を二分して闘う厳しい現実にも、日本は直面することになった。

東西陣営の対立が発火したのが、朝鮮戦争だった。

昭和二十五年六月に勃発した朝鮮戦争は、世界が直面する危うい現実を、あからさまに人類に突きつけてきた。

連合国軍の統治下にあった日本は、アメリカ軍の後方基地として、否応なく、朝鮮半島の戦争に巻き込まれていった。

すでに日本国内には「レッド・パージ（反共産主義）」の嵐が吹き荒れ、その強烈なエネルギーの前に、まだ未熟だった「左翼」陣営は圧倒されて分裂、一部の勢力は「暴力革命」を唱えて、自滅していった。

私の高校一年生から二年生の時期が、ちょうどその激動の時代と重なっている。

高校に進学した私は早速、社研部（社会科学研究部）に入部した。隣町の機械工場の一人娘だった女子生徒に誘われたのだ。ふっくらした顔と優しげな雰囲気の人だった。

社研部の部室は、体育館の片隅にあり、十人足らずの部員たちが、今にも「革命が来るぞ！」といった大仰な表情で、新入りの私の肩を叩いた。彼らは、「若者よ」やロシア民謡の「ヴォルガの舟歌」、労働歌などを声高に唄い、マルクスやレーニン、スターリンの名を口にし、「日本共産党だ！」と大声で唱えていた。

地に足の着かない、思春期の独り合点ではあった。時流の激しさと私たちの若さだけが、突っ走っていた。

私はその時、これまでとはまったく違った世界が目の前に広がっていく、一つの新しい時代に導かれた思いで、その世界に飛び込んだのだ。そして、まるで操られた人形のように泳ぐ人間たちとの合流、というか、その風潮のなかに押し流されていったのだった。

しかし、私の潜在意識には、そうした流れが本当に自分の本質に合致した最適なものかどうか、という疑問が付きまとっていた。夜寝ているときに夢を見たり、独り言を漏らしたりもしていた。高校における新しい流れのなかでは、自分の内心でいささか食い違ったものを意識していたことも事実である。

私は読書を好む子どもだった。自宅の床の間の本箱には、日本文学全集や児童文庫、高齢者向けの講談本など、たくさんの本が並んでいた。

それらの中で読みかじったのは、夏目漱石、芥川龍之介、谷崎潤一郎、高見順、川端康成、二葉亭四迷、室生犀星、山本有三、下村湖人など、近現代の著名な作家たちの作品だった。二十代までに読んだ作家では、野坂昭如、松本清張、大江健三郎、水上勉、石坂洋次郎らが加わる。

海外の作家では、シェイクスピア、ドストエフスキー、トルストイ、グリム、カミュ、ニイチェ、アーサー・ヘイリー、ヘミングウェイ、エミリー・ブロンテ、サルトル、カフカ……などを読んだ。

今、書庫を探してみても、よく目に入る作家たちである。他の作家、詩人たちも目に付くが、部屋の隅に押し込んでいる、ほこりまみれの本を見れば、無数の作家の名前を見つけることができる。

　あらためてそれらの書籍をつまみ読みすると、今さらのように思い出す。「今後の時代はどうなるのか?」「己はいかなる人との間で生きていくのか?」という疑問と不安にとらわれながら、眠りにつけない時間を過ごしたことも、間々あったことを。


　心にわだかまる疑念や不安を紛らすかのように、高校での放課後の時間は、社研部の部室に飛び込んだ。

　三年生の部長が、当時の吉田茂政権への罵詈雑言を並べ、同時に共産党への崇拝・尊敬の念を披瀝しながら、大声で、例の労働歌やロシア民謡を唄い、それにつられて他の部員たちが唱和する。そうした光景が日常となっていた。私も一緒になって、いろいろな歌を唄ったが、もう題名は忘れかけてしまっている。


　戦後の日本にとって最大の政治課題の一つは、国の独立を回復することだった。そのためには領土や賠償について、交戦国と講和条約を結ぶ必要があった。条約を結ぶ相手国をめぐって、国内世論は二分した。

　時の吉田政権は、米国を中心とする、まず同意を得られた国との講和条約(単独講和)を推進させる方針であり、一方、すべての関係国と一括して条約を結ぶべき(全面講和)だと主張する勢力とが鋭く対立していた。


　私たちは全面講和派だった。朝鮮半島、中華民国、東南アジア各国などを含めた、戦争に関わったすべての国との講和を主張して、署名運動やチラシ配布、ポスター貼り運動に加わった。

　私も「『単独講和』反対!『全面講和』を進めよ!」とのポスターを、あちこちに貼って回り、また署名活動などで、大わらわだった。

　ある日、自分の住む村内の電柱や家の壁に、ポスターを貼って回ったが、翌朝そこを見ると、一枚も見当たらない。あとで聞いて分かったことだが、実は、そのポスターを剥がして回ったのは、私の父だった。父はそのころの私の行動や考え方に、なんとも危険な要素を感じ取っていたのだろう。

そんなこととはつゆ知らず、私は同級の女子生徒と組んで、ポスターの束を抱えて、山中の村落を歩き回っていた。その少女とは稚い「恋仲」となり、手紙のやり取りなども続けたことを思い出す。

そしてある日のこと。社研部のボスが「金が欲しい」と呟いていたのを聞き、私は高校の授業料（たぶん五百円）を組主任の教師には渡さず、ボスにカンパしてしまった。ボスはいかにも「当然」といった表情で受け取り、私は私で、「自分の行為が、きわめて勇気あること」と誇らしげに思っていた。教師には、「家が貧しく、家計が逼迫しているので払えない」と弁明しておいた。

だが経済状態を心配した教師が、わが家を訪問したことで、私のついた嘘は、あっさりとばれてしまった。

教師の来訪に、なにごとか、と対応に出て奥の座敷に座った父は、私の授業料使い込みを知ると、突然、「お前は俺の息子ではない。出て行け！」と喚いた。

私になすすべはなかった。なにも反論できず、黙って家の外へ出た。

しばらくして、教師がわが家から出て来て、帰途についた。

私は教師に付いて行った。

教師は私の行為の内容を、おおむね感じ取っていたようで、お金の使い道について尋ねることなく、歩いて行った。

私も教師に付いて、黙って歩いて行った……。

私は七十年余り経った今にして、「自分の愚かさ」をつくづく実感する。

その愚かさは、今も己の脊椎に、しっかりと住み着いていることを痛感する。

解説

声が滅んでも詩をうたう詩人

上手　宰

おだじろうさんは一九三四年生まれとのことで私より十四歳年上でいらっしゃる。それゆえ幼少期とはいえ戦争を体験されているし、戦後生まれの私とは体験がいろいろと違っている。人の一生の中に見える景色も違っているのだろうか。しかしその十四年を除けば同じ世界を生きて来たので、案外同じように見えているのか。それは私の目や心をおださんの目や心と取り替えてみないと分からない。取り替えても届かない個もあるだろう。しかし人の差、時代の違いを超えて共通のものを信じるからこそ詩は書かれるとするなら、作品に直接尋ねるべきだろう。この詩選集は二〇一六年の全詩集後の詩集から編まれているので私の解説は主として八十代以降のおださんが担当である。

　しかし年譜をみると、取り替えるべきは目ではなく口と声らしい。詩人は若い頃は音楽に憧れ、声楽に生きようとなさったようだ。年譜だけでなく詩にもそれが表されている。「私は　うたっている」（詩集『八十路《やそじ》をうたう』所収）という詩がある。

少年時代のこと／／女学校時代に覚えた／「ローレ
ライ」を炊事場でハミングする母に／大百姓だった
八十路の祖母《ばば》しゃまは／顔を顰めた／祖母の歌は
「浪花節」か「軍歌」だった／／国民学校一年生の時／
放課後女先生がボクに「学芸会で歌って」と勧め／
「♪デタデタ月が……」と　練習のため／放課後の
講堂の演壇に独り立って／ピアノの伴奏に合わせ
歌い始めると／髭の教頭先生に怖い眼で睨まれ／
声が出なくなった／（大東亜戦争）が激化　拡大し
ていた時代

に始まる作品によると、声楽を目指してH（広島）大学音楽科に入学も学生寮で喀血、その道を諦め、療養の期間に詩を書き始めたとある。左肺上葉と肋骨五本を切り取られたが「心の歌…詩を！」残すのだと決意する。「今　八十七歳　声は滅んだが／／私は／詩をうたっている」と閉じられる。彼の詩はある意味で「うたう詩」である。よどみがなく、現代詩特有の特異な比喩や意図的な渋滞を排している。

私が若い頃は詩人の戦争協力への反省も強く、「現代詩」には批判精神が何より大事だとの論調が圧倒的だった。抒情詩や音楽的な詩、うたう詩は旗色が悪く、批評的・絵画的な手法がもてはやされた。私はそのことについてはいつも疑問を持っていた。おださんは時に社会の動きも機敏に取りあげ批判的な精神も旺盛であるが、詩の書き方は歌う手法といえる。

肩の力を抜いて

顎を強張らせず
目を穏やかにさせて
胸の奥に潜んでいるわがままな想いを
声に出して喋りなさい

（略）

真の幸は貴方以外の
誰かの姿に似せた貴方を作ることではなく
まさに
あなた自身の声に従うことです

そのためには
あなた自身を取り囲む城壁を取り壊し
鎧兜を脱ぎ捨てて普段着の
もめんのころもを身にまとい
肩の力を抜いて目を穏やかにさせて

春の陽の輝く野道を覆う青草を踏んで
素足で歩いていくのです

（「わがままな想い」部分―『落穂のモノローグ』所収）

彼が「私は／詩をうたっている」と言っている意味は自分を素直さと自然のなかへ返していくことなのであろう。世間とか「正しさ」のためにではなく自らの喜びが聴く者たちの喜びになることを信じられるのは「うたう」ことによってなのだ。

あるいは別の詩では「本当のことがらは／本当によく観ていると／なかなか味のある姿をしていると思う／／だけれども寂しい寂しいと／自分の心に呟いているほうがいかにも／本当のことを観ているような気分になる／／寂しい寂しいと呟いているだけの／赤ん坊になりたがっている／／そこにはわたしが生きていく／そのことを許そうとする／世間がいるから／／だけど／許許さない　を／本当に決めるのはだれ？」（「本当のことがら」部分―『落穂のモノローグ』所収）とも書かれている。深刻ぶったり、大げさに悲嘆にくれたりすると詩らしく見え、その演技に長けていれば受け入れてくれるのが世間なのか、と書いたあとすぐに、世間という言葉に逃げようとしたことを自省するのである。ここにあるのは俗にいう「批評意識」とは違うものである。批評は外部の何かを攻撃して終わるが、自らに向かう内省は自分を優しく耕しあらたな時間へと向かうからだ。それもまた「うたう」ことに深く根差している。

ところで先に書いたようにこの詩選集は〈八十路〉以降が大きなテーマなので、その点にもふれていこう。私はその領域は未体験なので、予習させて頂くことになるのだが。まずはご高齢でも草刈りくらいはするのだ、という「除草の前戯」から読もう。

座り込んだ床から
立ち上がるにはまず膝を床に着け
両手で床を突いて臀部と腰を持ち上げ
折り曲げていた右膝を半分伸ばして
上半身を中途半端に立ち上げ

歩く体制を整えるには
身辺にテーブル　箪笥　柱
ステレオのボックスまたは
できればツレがそばに居たら
その肩を支えにしてぎぎと腰を伸ばし
《ヨッコラショ‼》
と声を上げて歩行の姿勢を確保する
その時の左大腿筋の引き攣った痛みに
額に脂汗をかき

これが第一連で、第二連はグラインダーに回転やすりを付けるなどの工具の説明なので省く。第三連は二時間足らずかかってみごと除草作業を終え「シャワーを浴びる」までで、明らかに自慢としか思えないのでこれも割愛。第四連は「あと一《ひと》月で八十六歳の今日／これでよし」と満足の気配。これまたこの齢でやり終えたのだという自慢が混じっている。しかし、これらの自慢に素直に頷いて、拍手を送りたくなるから不思議である。詩にも人徳というものがあるらしい。が、それ以上に冒頭の立ち上がるだけでも困難な状態をしっかり読まされたからなのだ。結果として一度動き出せば老人といえども、これだけやれるのだ、という人間讃歌にも見えてくる。お元気である。

むろん、それほどお元気でない時もある。

目を覚まし／半身を起こしてベッドから降り／立ち上がろうとすると／部屋の天井や壁や窓が右から左へ／ゆるりと回転している／足を床につけると腓《ふくらはぎ》が硬直し／骨盤や膝がゆらりとする／慌ててベッドの縁に腰を落とす／延々続く鬱屈の日々／頭の芯もゆらゆらする　（「八十路《やそじ》のある朝」冒頭部）

ここから苦労してトイレに行く話があり、一方で世界で起きている戦争などの不穏な情報に接し「それに煽られるオレが／人類の一匹としてこれからも／生きていくのかそれとも／もう間もなく死ぬのが当たり前なのか／分別を遮る無窮の悪夢に囚われたまま／こともない時間を過ごす己を／思い知る」という連に続き、最終連は「さて朝の二十分／《腰痛》《誤嚥》防止の体操だけはやるか／頸の骨が「クキ」と鳴る」で終わる。

おお、誤嚥に関する体操などもあるのか、学ばねばなどと思う筆者なので、高齢感覚に大差はない。だが何だか躱《かわ》された気もする。齢をとり頭もきかなくなったからといって「分別を遮る無窮の悪夢に囚われたまま／こともない時間を過ごす己」を認めるしかないのか。そしてせめて体操をするしかないのか。だが同時に自分が問われる。ではおまえはどうすればよいというのか。お前に何ができるというのか。おださんは戦火の下で苦しむ人たちへの理不尽を思いつつ「人類の一匹」である自分を書かれている。だが同時に少なくとも今闘う相手は兵士や砲弾ではなく「八十路」を歩むわが身と精神なのだ。平和の中を生きているからこそそれを全うせねばならない、と。

著者の若き日の考えについては本書に収録された自伝的エッセイ「愚かな少年期」に詳しいが、青少年期には左翼思想に影響を受けられたようだ。当時は日本の独立が奪われた中でレッド・パージの嵐が吹き荒れ、左翼陣営は分裂、一部は暴力化し自滅していった時代であった。それらの混乱の中で今にも革命が来ると夢を抱いた若者たちを誰が責められるだろうか。タイトルに「愚かな」とあるが、私はそうは思わない。お金を騙し取られるなどは世間的には目端の効かぬ子と言われようが、詩人おだじろうはその時からすでに誕生していたのだとも言えるのだ。この文章の最後が「その愚かさは、今も己の脊椎に、しっかりと住み着いていることを痛感する」とあるのは詩人として生涯を生きることを宣言するものでもある。

「ああ、九月三日」という詩は詩人の八十六歳の誕生日を描いた詩である。「あの時／私は死んでいた…筈だ／／あれから私は／幾度死んだだろうか／いや　死の瞬間を体験しただろうか／動く屍になった私は／どんなメロディーに乗せられて／踊ってきたのだろうか」。

だがこの詩の最終部は娘さんの電話からの「けろっとした声」である。「おめでとう…幾つになった?」「コロナにご用心‼」。ごく普通の日常と詩の世界は繋がっている。そのことに不思議に心打たれる（詩集『この一年』所収）。

最後に「冷たい土の下で道連れに」（詩集『束ねられない』所収）を紹介しておきたい。「氷雨の夕暮れ／間もなく浮世におさらばする軀《からだ》」で歩いていると、道端に沿う墓地に出会うが、「取り巻く泥壁の中からしろい人間の骨が／ぽろぽろと顔に崩れ」かかってくるという。

嗚呼　あんたはもう長い間／この土の中に潜んでいたのだね／これからはこの私の骨が／あんたと道連れになり何処《いずこ》へとも知れぬ道のりと／暗い湿った時間をともに過ごすことになったのは／何の因縁でしょうか／互いに声も出さずに向き合って／無窮の時を過ごすうちに　あんたとともに／私の骨も周りと同じ湿った土に還っていくでしょう／／そして地面に落ちた野草の種は／春が近づき細い根を伸ばし私たちの／消えたいのちの気配を吸い上げみずみずしく発芽し／緑の葉を広げていくとは思えませんか／／その時はまた青い空とそよりとした風／ほのめく太陽の温度とひかりを／ともに浴びるかもしれません／ね?

生きる人間にとって死は永遠に未知の領域であるが、それがついには自然との一体化であることを穏やかにうれしそうに描いているのが印象的である。ごく普通のことのように同意を求める「ね?」の人なつっこさは誰に向かって、何に向かって発せられたものであろうか。詩人おだじろうが呼吸するように、うたうように書き続け、生み出し続けてきたすべての詩が背負っている問い、呼びかけはこの「ね?」の中にある。

束ねられない詩魂

古賀博文

一九三四年生まれで現在九十歳のおだじろうは、これまでに十六冊の詩集と、一冊の全詩集を出版している。正確には第六詩集『水辺の記憶』（二〇〇四年）には「事実誤認による重要な誤りがあった」という理由で、翌年に出版された〝増補改訂版〟が存在する。今回の『新・日本現代詩文庫171　おだじろう詩集』には第十二詩集『落日の思念』（二〇一七年）から最新の第十六詩集『八十路《やそじ》をうたう』（二〇二三年）までの五冊の詩集が全篇もしくは抄出として収録されている。第一詩集『流域』（一九八六年）から第十一詩集『沈黙』（二〇一五年）までの作品は二〇一六年に出版された『おだ じろう全詩集 Fall《倒れる》 & Rise《起き上がる》』（土曜美術社出版販売）に収録されており、従ってこの『新・日本現代詩文庫171』は、その『おだ じろう全詩集 Fall《倒れる》 & Rise《起き上がる》』を引き継ぐ存在として編纂されている。

『おだ じろう全詩集 Fall《倒れる》 & Rise《起き上がる》』の巻末には「詩への足取り――《声から文字へ》」という自分の幼児期から六十歳で仕事を定年退職するまでの間に、彼に起こった出来事が記述されている。主要事項だけを抜粋してみる。

十八歳の時、新聞配達をしながら、声楽の勉強を始めたが、翌年、胃潰瘍を患い、胃の三分の一を摘出する手術を受けた。二十二歳の時、広島大学教育学部音楽科福山分校に入学するが、同年七月、健康診断で肺結核の罹患が発見されて帰郷。郷里は福岡県田主丸町。声楽家への道が絶たれる。二十四歳の時、国立新生病院にて左肺上葉と肋骨五本の切除手術を受ける。翌年十二月に退院。二十六歳から三年間、福岡市の燃料店、醤油販売店、さらに久留米市の家庭ミシン販売店に勤めるもそれぞれ短期間で退職。二十九歳の時、繊維・衣料品の生産・

流通の業界新聞「繊研新聞社」九州支局に入社し、六十歳定年まで勤めた。その間に結婚し、一女一男を得て、現在に至っている。

さらに詩作に関する経歴を左記すると、第一詩集『流域』の「あとがき」に「「詩」と思えるものをつくりはじめたのは、遠く遡れば十五、六歳ころだったと思う。」という記述がある。また、前出のエッセイ「詩への足取り」には、結核療養時代に読んでいた月刊誌「保健同人」の文芸欄に詩を投稿し始めたことが記されている。これが彼にとって作品として詩を発表した最初。その後も、仕事の傍ら三十年近く綿々と詩を書き続けながら、五十二歳の時に第一詩集を出版している。その八年後、六十歳で退職してからの彼は、自分が生きている証しを詩作に求めるかのように、六十二歳のときの第二詩集『愚者の踊り』(一九九六年)を出版以後、一〜三年という短いスパンで次々に詩集を上梓している。ここまで来るとエッセイ「詩への足取り」に「声から文字へ」という副題が付されている理由がよく分かる。要するに声楽家になるのを諦めた自分が今、詩を書いているということなのだ。

おだじろうの作風は、第一詩集を詩人会議出版から上梓していることからも分かるように、社会派に分類されるもの。初期の詩篇には形而上的でシュールな詩句が散見されたりもするが、それが次第に叙事的詠嘆性で事象の核心を抉りだすような詩筆へウェイト的にスライドして行く。この「解説」は『新・日本現代詩文庫171』に多くの紙幅を割くべきと考えるので、ここに収録された第十二詩集から第十六詩集について主に触れる。

この五冊に接して共通して言えることだが、彼の詩の傾向は、次のように幾つかに分類することが可能だ。

・自分の生い立ちや出来事を題材にしたもの
・高齢者となった自分の生活実態や感慨を述べたもの
・家族や友人たちを思いやる心情に貫かれたもの
・自分の病弱な身体や現代医療について述べたもの
・自宅近くの自然の移り変わりや風景に取材したもの

・幼少期の戦争の記憶にもとづく反戦詩
・愚劣な政治や政策に対する批判的発言
・戦争や紛争を繰り返す人類・文明に対する批判
・人命や人権を損なおうとする勢力へのコミット
・詩文学に対する思いや言葉の意味へのこだわり

など、である。さらにこれらの主題を、次のような複数の書法で書きつけている。

・日常会話風にコミカルに叙述する
・事実を淡々と述べる中に〝真実〟を見定める
・鋭い批評眼をもって事象をシニカルに評する
・時々の感情の移り変わりを説明抜きに列記する
・人類文明・社会に警鐘を鳴らしつつ暗示的に描く
・稀に方言（筑後弁）を使用してリアルさを増幅する

急いで補足しておくが、ここに列記した、彼の詩の傾向や書法は第一詩集から一貫して言えることでもある。

第十二詩集『落日の思念』は、おだじろうの詩業の一つのピークをなす詩集である。「1章　情景」「2章　懊悩と呟き」「3章　時の相貌」の中に五十六篇を収録している。この詩集は二〇一八年に第54回福岡県詩人賞を受賞している。この賞は前年一年間に出版された福岡県在住者および福岡県詩人会会員の詩集の中から選出されるものだが、たまたま私はその時の選考委員を務めていた。この年は七冊の候補詩集があったが、五人の選考委員全員が「おだ詩集の一篇ごとの完成度の高さと迫力は特筆に値する」といった感慨を抱いた。前年に『おだじろう全詩集 Fall《倒れる》 & Rise《起き上がる》』を上梓して「一区切りついた」といった心情があったと思うが「それにしても全詩集を出版した一年後にこのエネルギーは凄い！」と選考委員全員が舌を巻いていたことを思い出す。せっかくなので一篇引いておきたい。二〇一一年三月に発生した東日本大震災の影響でメルトダウン事故を起こした東京電力福島第一原子力発電所を痛烈に批判した一篇である。冒頭の「べこ屋」は「牛を飼う人」のこと。

おれは「べこ屋」
居住規制・帰還困難区域
阿武隈高地の「希望の牧場」
被曝牛三百余頭に毎日汚染草を食わせ
あれから四年余りも生かし続ける

この行為の《矛盾》がわかるか
「利用価値がないから殺処分」と言われて
「はい　そうですか」と　俺は殺さない
東電・国への猛烈抗議だ

俺はここで被曝した牛と生きていく
被曝続きの俺が世話をする
こいつらも俺も原発被害の生き証人
（中略）
放射能被曝の影響を長期に記録
見捨てられた生き物たちが残す証《あかし》
役立つ時が来る「希望の牧場」
俺や牛たちの被爆線量は半端じゃないが
炉心は溶融爛れているが
俺の心はむしろ活性化している

（「希望の牧場」部分）

原子力発電所や放射線、被曝などの言葉を安易に使用すると、その語意の強さに詩趣が引きずられて未消化のような読後感を与えてしまいがちであるが、この詩は作者の視点の深さや度量の大きさゆえに、そのような不満感は一切なく、作者の言いたいことが、作者独自の話法をもって読む者にぐいぐい迫ってくる。

もう一篇読んでみたい。次は第十三詩集『束ねられない』（二〇一九年）に収録された作品。この書名から、新川和江の詩「わたしを束ねないで」を想起するが、おだにはそのような意図はなく、全体を通して「自分の詩のテーマが多岐すぎて一つに束ねられない」ので、それをそのまま書名にしたような印象。しかし結果的に新川詩に通じる意味も通底していると感じられる。

京都・高台寺では
尼僧を装うアンドロイドが
「わたしは観自在菩薩」と名乗り
訪れる善男善女へ
般若心経の教えを説いているそうだ

固有の肉体と精神を具有する現代人は今
「AI」とアルゴリズムとテクノロジーにまる乗り
し
世界空間を徘徊する無機質な言語と数値の情報を
姿の見えない権力と財の権化となった特定人の
欲望に沿って束ねられ
(中略)
ついには「AI」とロボットに職場を奪われ
血が通わぬロジックと文脈を組み立て
非在の芸術・文化を語り　創作し
《おお！　何と斬新な　！　！》
侵略と大量殺人もボタン一つで
そのうちに
人類を破滅の罠に導く時代が来るか……
(「ぞくぞくする」部分)

人間が創出したAI技術が、人類の英知を集積したような存在感を示し始めている。その利便性や有益性などをたたえる記事も多くあるが、AI技術が悪用され、人命や生活、仕事、人間の尊厳までを阻害しかねないといった警告も同時にある。さらにAI技術は日進月歩で進化し続けており、なかなかその実態が摑めないといった印象がある。しかし、この作品を読んで私は、当時八十五歳のおだじろうがすでにその不安と脅威を、自分の話法で詩に表現している事実に驚いた。その鋭敏で柔軟なアンテナ感度に畏敬の念さえ覚えた次第である。

紙幅がなくなってしまったが第十五詩集『落穂のモノローグ』(二〇二二年)も佳い詩集だ。「あとがき」を読むと、これは三十歳代末から五十歳半ばにかけて会社勤めをしていた頃に書いていた百冊ほどの「日記ノート」があって、それに書きつけていたセンテンスから拾い上げて詩篇に仕上げたもの。短めの詩が多く、そのぶん凝縮度が高く、作者の詠嘆がストレートに伝わってくる。

こうして読み進めて行くと、おだじろうの詩群に対して〝口語自由詩の極致〟といった感慨を覚える。また若い頃に胃潰瘍や肺結核を患い、患部を切除し、一命をとり止めた経験が詩にも生かされている。〝全身詩人〟という言葉があれば、おだじろうもきっとその一人。この『新・日本現代詩文庫171』が最後の詩集などと言わず、彼には今後も詩を書き続けて欲しいと思っている。

■おだ じろう年譜

一九三四年　当歳
九月、福岡県浮羽郡妹川小学校校長官舎で誕生。
一九四二年　八歳
四月、福岡県浮羽郡田主丸町・水分国民学校入学。
一九四七年　十三歳
三月、同校卒業。
四月、田主丸中学校入学。
一九四九年　十五歳
三月　田主丸中学校卒業。
四月　浮羽高等学校入学。
一九五一年　十七歳
三月　同校卒業。
一九五二年　十八歳
四月　新聞配達をしながら、声楽の勉強を始める。
一九五三年　十九歳
年末に胃潰瘍を患い闘病、同年秋、胃摘出手術をうける。
一九五四年　二十歳
回復に向う。
声楽の学習を復活。当時、中学校音楽教師の兄・義人の恩師、森脇憲三（福岡教育大学音楽科教授）に師事、月一度のレッスンを受ける。この間、森脇教授の紹介で東京藝術大学音楽科でレッスンを受けるよう薦められて上京し、芸大音楽科のレッスンで好反応を得る。
一九五六年　二十二歳
四月、広島大学教育学部音楽科福山分校入学。
七月、同大学の健康診断で、肺結核罹患を告げられ、学生寮から退去。目の前が真っ暗になり、即座に荷物を纏めて帰途に着く。
田主丸町の実家に帰宅後、知り合いの専門医の診断後直ちに病臥。ストレプトマイシン注射、ヒドラジッド、パス、の三種併用と、両親や兄弟達の介護を受けながら、約二年間の安静を続ける。

一九五八年　二十四歳

長兄・潔の妻・幸子が看護婦長をしている筑豊の結核専門療養所・国立新生病院に入院し、左肺上葉と肋骨五本切除手術を受ける。

一九五九年　二十五歳

十二月、退院。

一九六〇年　二十六歳

アフターケアを半年。漸く体力の回復の兆しが見える。

八月、福岡の燃料店へ住み込み夏季「氷」を半年間配達。その後同じ福岡の醤油販売店に住み込み、売れないので追い出される。

さ迷う中で、高校時代の同級生Mと路上で遭遇、昼食。列車代金の援助を受ける。

久留米市の家庭ミシン（蛇の目ミシン久留米支店）で販売を始めた。ここでは案外販売が進み、自転車やエンジン着き自転車で駆け周り、訪問販売が効率良く進み、月収一万五千円～二万円程度の収入を得るが、自分としては、「生涯の仕事としては、不満がある」と確認。同社からの「支店長候補」という勧めを拒否して退社。

一九六三年　二十九歳

九月　繊維・衣料品の生産・流通・販売の専門業界新聞社「繊研新聞社」九州支局の社員募集広告を見て面接を受け、入社。その後支局で取材、執筆、広告募集などを開始。これまでとは違った安定感を感じながら通勤する。

一九六四年　三十歳

五月十二日、妻・美知子と結婚。その後狭い六畳の部屋から間数、風呂などの必要が生じ四回の引越し。その間、長女・優子、長男・健一の二児を得て新しい未来を描く。

仕事は、福岡中心から全九州、沖縄、中国西部地区（下関、山陰線沿いなど）も含めてマーケット情勢の取材、部数の拡販を図る。同時に支局事務所も久留米市から福岡市天神へ移し、社員も数名増える。当時、商品の生産と消費が急速に拡大傾向を示し、小売業界は大型スーパー、ファッションの流れを追うブティック、大型高級専門店や大量仕入れ大量販売するスーパーへと、生産・流通機構の激しい動きがあり、客層もそれぞれの目標に沿った購買傾向を強めて行った。このような商品生産の新しい流通機構の変化を先取りして記事を書き、業界の流れを先取りする情報が不可欠となる。

一九七四年　四十歳
福岡市西区今宿に家屋を新築し、同地で二十年暮らす。

一九八六年　五十二歳
第一詩集『流域』（詩人会議出版）出版。

一九九四年　六十歳
定年退職後、宗像市朝野団地に転居。三十年を宗像市で暮らしつつ現在に至る。

一九九六年　六十二歳
詩集『愚者の踊り』（葦書房）出版。

一九九七年　六十三歳
詩集『閉ざされた季節』（葦書房）出版。

一九九九年　六十五歳
詩集『宗像から』（アピアランス工房）出版。

二〇〇一年　六十七歳
詩集『夜の散歩道』（私家版）出版。

二〇〇四年　七十歳
詩集『水辺の記憶』（私家版）出版。

二〇〇五年　七十一歳
詩集『増補改訂 水辺の記憶』（知加書房）出版。

二〇〇七年　七十三歳
詩集『ほろぼさないで』（アピアランス工房）出版。

二〇〇九年　七十五歳
詩集『かわたれ星』（アピアランス工房）出版。

二〇一一年　七十七歳
詩集『径』（鉱脈社）出版、福岡市文学賞。

二〇一三年　七十九歳

詩集『UNERU《うねる》』（石風社）出版。

二〇一五年　八十一歳

詩集『沈黙』（鉱脈社）出版。

二〇一六年　八十二歳

四月、全詩集『おだ じろう全詩集 Fall《倒れる》 & Rise《起き上がる》』（土曜美術社出版販売）出版。

二〇一七年　八十三歳

詩集『落日の思念』（鉱脈社）出版、福岡県詩人賞。

二〇一九年　八十五歳

詩集『束ねられない』（土曜美術社出版販売）出版。

二〇二〇年　八十六歳

詩集『この一年』（私家版）出版。

二〇二二年　八十八歳

詩集『落穂のモノローグ』（鉱脈社）出版。

二〇二三年　八十九歳

詩集『八十路をうたう』（土曜美術社出版販売）出版。

二〇二四年　九十歳

現在、九十歳の高齢期に至り、体調は余り良くない。「帯状疱疹」に続き、後遺症の激しい「神経痛」で苦しんでいる。

最後の詩集、新・日本現代詩文庫171『おだ じろう詩集』（土曜美術社出版販売）の完成を待つのみ。

住所　〒八一一―三四一五
福岡県宗像市朝野四五―一　田中方

新・日本現代詩文庫171 おだじろう詩集

発　行　二〇二四年十二月十五日　初版

著　者　おだじろう
装　幀　森本良成
発行者　高木祐子
発行所　土曜美術社出版販売
〒162-0813　東京都新宿区東五軒町三—一〇
電　話　〇三—五二二九—〇七三〇
FAX　〇三—五二二九—〇七三二
振　替　〇〇一六〇—九—七五六九〇九
DTP　直井デザイン室
印刷・製本　モリモト印刷

ISBN978-4-8120-2877-3　C0192

新・日本現代詩文庫

土曜美術社出版販売

161 入谷寿一詩集　解説　中原道夫・中村不二夫
162 重光はるみ詩集　解説　井奥行彦・以倉紘平・小野田潮
163 会田千衣子詩集　解説　江森國友
164 佐藤すぎ子詩集　解説　田中眞由美・一色真理
165 佐々木久春詩集　解説　中村不二夫・鈴木豊志夫
166 新編忍城春宣詩集　解説　田中健太郎
167 新新忍城春宣詩集　解説　田中健太郎
168 中谷順子詩集　解説　冨長覚梁・根本明・鈴木久吉
169 田中佑季明詩集　解説　渡辺めぐみ・齋藤貢
170 前田かつみ詩集　解説　永井ますみ・中村不二夫
171 おだ じろう詩集　解説　上手宰・古賀博文

〈以下続刊〉

1 中原道夫詩集
2 坂本明子詩集
3 高橋英司詩集
4 前原正治詩集
5 三田洋詩集
6 本多寿詩集
7 小島禄琅詩集
8 新編菊田守詩集
9 出海溪也詩集
10 柴崎聰詩集
11 相馬大詩集
12 桜井哲夫詩集
13 新編島田陽子詩集
14 新編真壁仁詩集
15 南邦和詩集
16 星雅彦詩集
17 井之川巨詩集
18 新々木島始詩集
19 小川アンナ詩集
20 新編井口克己詩集
21 新編滝口雅子詩集
22 谷　敬詩集
23 福井久子詩集
24 森ちふく詩集
25 しま・ようこ詩集
26 腰原哲朗詩集
27 金光洋一郎詩集
28 松田幸雄詩集
29 谷口謙詩集
30 和田文雄詩集
31 新編高田敏子詩集
32 皆木信昭詩集
33 千葉龍詩集
34 新編佐久間隆史詩集
35 長津功三良詩集
36 鈴木亨詩集
37 埋田昇二詩集
38 川村慶子詩集
39 新編大井康暢詩集
40 米田栄作詩集
41 池田瑛子詩集
42 遠藤恒吉詩集
43 五喜田正巳詩集
44 森常治詩集
45 和田英子詩集
46 伊勢田史郎詩集
47 鈴木満詩集
48 曽根ヨシ詩集
49 成田敦詩集
50 ワシオ・トシヒコ詩集
51 高田太郎詩集
52 大塚欽一詩集
53 香川紘子詩集
54 井元霧彦詩集
55 高橋次夫詩集
56 上手宰詩集
57 網谷厚子詩集
58 門田照子詩集
59 水野ひかる詩集
60 丸本明子詩集
61 村永美和子詩集
62 藤坂信子詩集
63 門林岩雄詩集
64 新編原民喜詩集
65 新編濱口國雄詩集
66 日塔聰詩集
67 武田弘子詩集
68 大石規子詩集
69 吉川仁詩集
70 尾世川正明詩集
71 岡隆夫詩集
72 野仲美弥子詩集
73 葛西洌詩集
74 只松千恵子詩集
75 鈴木哲雄詩集
76 桜井さざえ詩集
77 森野満之詩集
78 坂本つや子詩集
79 川原よしひさ詩集
80 前田新詩集
81 石黒忠詩集
82 壺阪輝代詩集
83 若山紀子詩集
84 香山雅代詩集
85 古田豊治詩集
86 福原恒雄詩集
87 黛元男詩集
88 山下静男詩集
89 赤松徳治詩集
90 梶原禮之詩集
91 前川幸雄詩集
92 なべくらますみ詩集
93 津金充詩集
94 中村泰三詩集
95 和田攻詩集
96 藤井雅人詩集
97 馬場晴世詩集
98 鈴木孝詩集
99 久宗睦子詩集
100 水野るり子詩集
101 岡三沙子詩集
102 星野元一詩集
103 清水茂詩集
104 山本美代子詩集
105 武西良和詩集
106 竹川弘太郎詩集
107 酒井力詩集
108 一色真理詩集
109 郷原宏詩集
110 永井ますみ詩集
111 阿部堅磐詩集
112 新編石原武詩集
113 長島三芳詩集
114 柏木恵美子詩集
115 近江正人詩集
116 名古きよえ詩集
117 新編石川逸子詩集
118 佐藤真里子詩集
119 河井洋詩集
120 戸井みちお詩集
121 金堀則夫詩集
122 三好豊一郎詩集
123 古屋久昭詩集
124 佐藤正子詩集
125 川端進詩集
126 桜井滋人詩集
127 葵生川玲詩集
128 今泉協子詩集
129 柳内やすこ詩集
130 新編甲田四郎詩集
131 大貫喜也詩集
132 今井文世詩集
133 中山直子詩集
134 林嗣夫詩集
135 柳生じゅん子詩集
136 原圭治詩集
137 森田進詩集
138 水崎野里子詩集
139 比留間美代子詩集
140 内藤喜美子詩集
141 小林登茂子詩集
142 万里小路譲詩集
143 稲木信夫詩集
144 清水榮一詩集
145 細野豊詩集
146 川中子義勝詩集
147 山岸哲夫詩集
148 天野英詩集
149 愛敬浩一詩集
150 山田清吉詩集
151 忍城春宣詩集
152 丹野文夫詩集
153 関口彰詩集
154 清水博司詩集
155 室井大和詩集
156 山口春樹詩集
157 佐川亜紀詩集
158 岸本嘉名男詩集
159 加藤千香子詩集（近刊）
160 橋爪さち子詩集

◆定価1540円（税込）